Hora de alimentar serpentes

MARINA COLASANTI

Hora de alimentar serpentes

1ª Edição, Global Editora, São Paulo 2013
4ª Reimpressão, 2019

Jefferson L. Alves – diretor editorial
Gustavo Henrique Tuna – editor assistente
Flávio Samuel – gerente de produção
Sandra Regina Fernandes – Coordenadora Editorial
Alexandra Resende e Julia Passos – Revisão
Rita da Costa Aguiar – Capa e Projeto Gráfico

Obra atualizada conforme o
NOVO ACORDO ORTOGRÁFICO DA LÍNGUA PORTUGUESA

CIP-BRASIL. CATALOGAÇÃO NA FONTE
SINDICATO NACIONAL DOS EDITORES DE LIVROS, RJ

C65h

Colasanti, Marina, 1937-
Hora de alimentar serpentes / Marina Colasanti. – 1. ed.
– São Paulo : Global, 2013.

ISBN 978-85-260-1931-7

1. Conto brasileiro. I. Título.

13-02383 CDD: 869.93
CDU: 821.134.3(81)-3

global editora e distribuidora ltda.
Rua Pirapitingui, 111 – Liberdade
CEP 01508-020 – São Paulo – SP
Tel.: (11) 3277-7999
e-mail: global@globaleditora.com.br
www.globaleditora.com.br

Nº de Catálogo: **3524**

Hora de alimentar serpentes

SUMÁRIO

PRÓLOGO

Enfiou a serpente na agulha. E começou a costurar.

TÁTICA

Uma janela pintada para complementação arquitetônica da fachada. No peitoril dessa janela, ao lado de um vaso de gerânios também pintado, um gato vivo, desejando ser parte do conjunto, esforça-se para manter a imobilidade.

Disposto a aniquilar a concorrência, o vaso de gerânios deixa cair uma folha.

AO SOL

Então, naquele verão, a árvore generosa em cuja sombra se abrigavam as vacas, começou a dar leite.

AMADA OCULTA

Desejoso de querer bem, apaixonou-se por uma raposa. As raposas – sempre soubera disso – são criaturas encantadas que abrigam o espírito de uma mulher. Amou-a com devoção durante muitos anos, sem que a mulher oculta se desse a conhecer. Quando a raposa afinal morreu, a solidão sentou-se à mesa diante dele. Que, acostumado, continuou a se alimentar de carne crua.

ENTRE PRETO E BRANCO

Não se acha capaz para a vida este homem que, sozinho, joga xadrez com o computador. Como em tantas partidas anteriores, perdidas todas, não enfrenta apenas o adversário invisível, duela com uma dúvida. Vale mais:

- perder, e reforçar a certeza de sua incapacidade?
- ou vencer, e destroçar hábitos e identidade?

POR DENTRO

Tão difícil, para ela, se aquecer à noite. Calçava meias, e os pés, de gelo. Vestia pijama felpudo, e as pernas, de mármore. Suéteres e braços cruzados sobre o peito de quase nada adiantavam. E cobertores, cobertores, cobertores. Na noite em que por cima de tudo deitou seu casaco de lã de carneiro, sentiu-se enfim protegida.

Acordou de madrugada, a nuca quente, os cabelos empapados de suor, e uma náusea, um ímpeto que lhe enchia a boca de água e buscava expelir o que havia em si de mais fundo. Sem se importar com o tapete, debruçou-se na beira da cama e, num jato, vomitou os primeiros coágulos de fogo.

NA MEDIDA

Tinha só meia sombra. Nenhum espanto. Era apenas meio homem.

COMO O CAVALO

Andava sobre as mãos porque, como o cavalo do Barão de Munchausen, havia sido cortado ao meio. Não por uma bala de canhão, mas pela vida. Enrodilhados ao redor do braço levava ramos de hera com que emendaria a parte ausente quando a encontrasse. E palma a palma a buscava, embora suspeitando-a despedaçada.

PARA CONSERVÁ-LO NO JUSTO LUGAR

O homem acorda, se levanta, vai ao banheiro, abre a torneira, ergue o rosto para o espelho. E seu rosto não está lá. No espelho está a estrutura do rosto, o suporte, mas não as feições.

Surpreso e ainda mole de sono, o homem apalpa a testa, a cabeça, a nuca. Quem sabe, o rosto deslizou para trás. Não o encontra. A angústia começa a escalar sua garganta. Olha ao redor, procurando. Os azulejos assépticos quadriculam a luz, nada entope o ralo da pia, nada boia na água da privada.

O homem volta ao quarto, procura minuciosamente, como quem fareja. Confere tudo, os lugares óbvios e os mais improváveis. Abre as cortinas. Só então percebe seu rosto deitado sobre a fronha. Sentindo-se quase traído, sem ousar tocar aquela pele se é que de pele se trata – sacode o travesseiro devagar. O rosto não se move. O homem sacode mais intensamente, chama. O rosto não responde nem ouve, as orelhas ficaram presas à cabeça.

Com a ponta dos dedos tomados de súbita delicadeza, o homem tenta descolar do tecido uma qualquer lingueta, um mínimo fiapo que lhe permita puxar o resto. Em vão. O rosto está fundido no linho como um retrato sobre a tela.

Lentamente, para não prejudicar suas feições, tira o travesseiro de dentro da fronha. Pensa que talvez, molhando-a.

Mas para antes mesmo de voltar ao banheiro. Dois temores o detém: que o rosto derreta debaixo da água, ou que se afogue na pia.

Com a fronha na mão, não ousa dobrá-la, poderia rachar o rosto. Nem pode deixá-la sobre uma cadeira, abandonar a si mesmo como um trapo. Por algum tempo continua assim, desamparado no meio do quarto, a fronha pendente da mão. E de repente a enfia na cabeça, como um capuz, tentando colocar o rosto lá onde ele deveria estar.

Assim passa o dia. Ao anoitecer, sai. As pessoas se surpreendem vendo-o encapuzado. Mas não se dão conta, não exatamente. Confundem a fronha estampada com um lenço, o capuz de um abrigo. Um homem estranho não é coisa que chame a atenção nas ruas, sobretudo no escuro. Afastam-se, e seguem caminho.

O homem volta na hora de dormir, tira a fronha da cabeça, enfia nela o travesseiro, já sem tantos cuidados. Aprendeu que não são necessários. E deita-se de bruços, com a cara metida sobre o rosto. Mas dali a pouco sente-se sufocar não sabe se pelas plumas de ganso ou por suas antigas feições e é obrigado a virar-se um pouco de lado.

Na manhã seguinte, ao acordar, olha logo para a fronha. O rosto não está lá. Feliz, ansioso, corre ao espelho. O rosto voltou para o seu lugar. Ou melhor, quase para o seu lugar. Grudou um pouco de lado. Uma bochecha lhe cobre a orelha, a outra parece curta e, decididamente, o nariz não está centrado.

O homem unta o rosto com creme, tenta fazê-lo deslizar, acertá-lo. O rosto não se move. Melhor que ontem, porém, pensa o homem. Enfia um boné abaixando a viseira, enrola uma echarpe alta no pescoço e vai trabalhar.

Que friorento! pensam os colegas. Mas o dia acaba e o homem volta para casa.

Em casa se estuda no espelho. O rosto continua deslocado para a direita. Ele tira o espelho do prego, o inclina para a esquerda e começa a dar-lhe pancadinhas com a mão, a batê-lo de leve contra a mesa. Golpe a golpe, o rosto desliza entre vidro e prata, se solta, se desloca. Quando finalmente o nariz está no centro, o homem pendura o espelho e se olha. Seu velho querido rosto está no lugar. Mas os olhos, talvez mais profundos que de costume, se perguntam como fazer para conservá-lo assim.

PRIMEIRA HISTÓRIA DE INSÔNIA

Porque o sono se recusa a emantá-lo na cama, um homem começa a contar carneiros. Do que se aproveita o lobo, para deslizar sorrateiro na cena e posicionar-se, boca aberta, do outro lado da cerca.

DIREITOS DE PROPRIEDADE

A verdade não estava disponível naquela sala, naquela casa, naquela tarde. No entanto, dois homens discutiram, com irônica elegância a princípio e logo com ferocidade, ambos seguros de possuí-la. Teriam chegado ao duelo, não fosse a intervenção de um terceiro, que oferecia a paz através de uma outra opinião.

Recolhidos ao seguro território da civilidade, cada qual mantendo em silêncio seu lote, agora eram três a possuir a verdade inexistente.

HISTÓRIA 1

Em tempos que não tiveram registro por falta de escrita, os Citas foram assolados por densos bandos de águias que toldavam o sol e ameaçavam as crianças. Arco e flecha eram, além das lâminas, sua única arma.

Só muitos séculos mais tarde desceram das terras do Norte. E os assírios, que primeiro relataram a presença daqueles bárbaros, nunca entenderam seu estranho costume de disparar setas para as nuvens.

UM POUCO, POR AMOR

Porque se amavam, abraçaram-se confundindo seus corpos. Quando, findo o amor, se separaram, ele afastou-se mancando um pouco porque, além do ventrículo esquerdo, havia assumido uma tíbia dela, ligeiramente mais curta que a sua própria. E ela se foi, mais alta do que quando o havia encontrado, mas apertando um pouco as pálpebras sobre os cristalinos antes dele, agora seus, e míopes.

ESCRITO NAS ESCAMAS

Embrenhado na selva em sol e chuva, metido na água dos igarapés sob o ataque dos insetos, durante anos caçou a lendária Anaconda. Por fim, antes que se esgotassem suas forças, contentou-se com uma sucuri.

Agora, destripado o animal, percorre-lhe o couro com dedos ansiosos, buscando ler a história ancestral escrita nas escamas. De fato, como lhe havia dito o xamã, um padrão emerge progressivamente dessa leitura. O que o xamã lhe omitiu é que a ele, pálido intruso, seriam necessários séculos para decifrá-lo.

A TEMPO E HORA

De alto a baixo nas paredes da relojoaria, relógios. E cada um marca hora diferente. Assim prefere o velho relojoeiro. Para ele que vê o mundo de duas maneiras ao mesmo tempo – uma com o olho atacado pela catarata, outra com o olho agigantado pela lupa – a unicidade é inviável. Das horas, escolhe a que mais lhe convém.

QUESTÃO DE *TIMING*

Achou que não ficaria bem ter relações sexuais com ele no primeiro encontro. Teve antes.

A PISTA FINAL

Longa, a busca. Anos seguindo sinais, analisando documentos, decifrando indícios, temendo, após cada avanço, deparar-se com o nada. Mas não era erro o que os esperava ao final do percurso.

A equipe de pesquisadores pode afirmar agora que na parede por trás do altar-mor, debaixo do afresco de outra autoria que adorna a capela do convento, há evidências da obra do grande mestre há séculos perdida: "O arrependimento de Madalena", mais comumente referida nos relatos de época como "Madalena em prantos".

Não são vestígios de tinta que ali se encontram. As lágrimas sempre vertidas se infiltraram entre as antigas pedras, vazaram encharcando uma a uma as camadas de reboco, comprometeram a pintura superior. E forneceram aos pesquisadores a pista inegável de que necessitavam.

NO BAR DO PHILLIES

É noite adiantada, e não faz frio. Um homem sai de um edifício, caminha pela calçada, cruza uma e outra rua, e numa esquina para. Chegou ao bar, entra.

O mesmo homem está agora sentado ao balcão. Não tirou o chapéu. Bebe. Veio em busca de sons e presenças, para quebrar a solidão da sua própria casa. É tarde, porém, o bar, como as ruas, está quase vazio. Assim mesmo ele fica, protegido pelas paredes de vidro como se num aquário. E, por baixo da aba do chapéu, olha.

Olha o casal que divide com ele o balcão. Tomaram café, as xícaras estão vazias à sua frente. E não se falam. Encostados quase, lado a lado, o vestido dela vermelho como uma plumagem, sorvem o silêncio. Não é uma briga nem um fastio. É uma ausência. Falta a ambos o desejo de falar. E de se ouvir.

O homem poderia ir embora, ninguém entra naquele bar, ninguém passa naquela rua. Mas ali são três, embora calados. E no bar, pensa o homem, não corre o perigo de estender a mão e apagar a luz.

A MODERNIDADE CHEGOU ANTES

Subiu no bonde voltando para casa. Morava longe, o percurso seria longo. Mas antes que tivesse alcançado sua última parada os bondes foram desativados, e sobre os trilhos foi deitado o asfalto.

COM O CACHORRO AO LADO

Toda manhã saía levando o cachorro a passear. Era uma boa justificativa o cachorro, para ele que, aposentado, talvez não tivesse outra. Ia caminhando devagar até a avenida junto ao mar, e lá chegando deixava-se ficar num banco, o olhar posto nos navios fundeados ao largo. Havia sempre muitos navios.

No seu tempo de prático, navios não precisavam esperar. De lancha ou rebocador, em calmaria ou em tempestade, ele cruzava a barra e, no mar aberto, se aproximava do casco tão mais alto do que sua própria embarcação, olhava para cima avaliando a distância, começava a subir pela escadinha ondeante. Havia riscos. Muitas vezes chegara na ponte de comando encharcado. Mas era o que sabia fazer, e o fazia melhor do que outros. Melhor do que outros conhecia as lajes submersas, os bancos de areia, as correntezas todas daquele porto, e nele conduzia os navios como se a água fosse vidro e ele visse o que para os demais era oculto. Os navios entravam no porto como cegos guiados por quem vê.

Havia sido um belo trabalho. Agora sentava-se no banco junto ao mar, e olhava ao longe os navios. Sabia que não estavam ali à espera do prático. O tráfego marítimo havia aumentado ano a ano, e aos poucos tornara-se necessário esperar por uma vaga no porto, como em qualquer estacionamento de automóveis. Mas, sentado no banco, com o cachorro deitado a seu lado, gostava de pensar que na névoa da manhã os navios esperavam por ele, esperavam a lancha ou o rebocador que o traria até junto do alto casco, quando então levantaria a cabeça avaliando a distância antes de começar a subir. Um a um, aqueles navios agora cravados na água como se na rocha, sairiam da névoa e, comandados por ele cruzariam a barra entrando no porto. Progressivamente, o horizonte ficaria despovoado.

Seus devaneios chegavam só até esse ponto, só até o horizonte desimpedido. Acrescentava ainda um lamento de sirene, longo. Depois se levantava do banco. O cachorro se levantava do chão. O passeio da manhã estava terminado.

POR UMA NOITE

Um quarto de hotel. Na cama grande, de travesseiro generoso, o viajante adormece rapidamente.

O quarto, escuro. Ao redor, silêncio. A cabeça pousada sobre tantos sonhos alheios abre-se a um novo trânsito, sorve o que não é seu. E tudo nela é luz, e som, e movimento.

Por uma noite, o viajante será outros.

Ao acordar, antes até de tomar um avião para casa, voltará a ser ele mesmo.

DEPOIS DO TERCEIRO ATO

Difícil, para aquela atriz, não é suicidar-se todas as noites no terceiro ato. É voltar à vida para receber os aplausos.

POR AMAR AS AVES

O homem sentado diante da grande vidraça parece olhar para fora, mas na verdade cochila. Está cansado. Não dormiu à noite, passou-a inteira ali, nessa mesma poltrona que já abriga o calor e o feitio do seu corpo, lutando contra o sono para não perder um único momento da visão que o fascina.

Foi para isso que construiu a casa, pouco mais que uma cabana de caça, plantada logo antes da margem do rio. Não mora ali. Todos os anos, na data certa, quando os gansos que vieram de longe para procriar se preparam para a migração, ele também vem, senta-se, e olha. Os ovos já eclodiram, os filhotes estão emplumados e fortes. Agora todos precisam se alimentar para acumular peso e gordura, gordura e peso que serão gastos no longo voo rumo às terras quentes.

Milhares de corpos brancos encostados uns aos outros, fusão de curvas e penas, cobrem a larga margem lodosa. É um edredom que se move. Sem quase sair do lugar, cada ganso lança o longo pescoço para o alto, chicote alvíssimo que logo mergulha levando a cabeça para dentro da lama. O bico revira a negra escuridão daquela pasta fétida, porque ali se encontra o alimento. E a cabeça ressurge alta, e se sacode, e o pescoço ondula, e o chicote alvíssimo se lança, e a cabeça torna a mergulhar.

Assim, dias e dias, noites e noites, seguidos, idênticos.

Mais o gritar. Cada ganso grita estridente, entremeando de chamados ou avisos, o seu comer. Não há fresta de silêncio. Não há pausa.

Ele, o homem que ama as aves, constante como elas, olha.

Nos primeiros anos olhou apenas intermitentemente, desejando apreender o comportamento, buscando descobrir quem, ou o que, comandava a gigantesca operação conjunta. Usava binóculos para aproximar-se da cena, captar em detalhes os movimentos. Anotava. Consultava livros.

Depois, não mais. Sabia e havia visto tudo o que queria saber. Menos o ato principal: o momento da partida.

Acontecia sempre durante a noite. E em grande rapidez, como se para furtar-se ao seu olhar, aproveitando os poucos minutos em que ele, vencido, adormecia. Uma manhã abria os olhos de repente, acordado talvez pelo súbito silêncio, e eles não estavam mais lá. Nenhum deles, nem um retardatário, nem um filhote mais fraco, nem um inválido. Sobre a lama, agora mais negra pela ausência, só penas brancas, tantas, que afundariam com o passar dos dias, lentas e leves, até desaparecerem por completo.

Nunca ter presenciado a partida diminuía, invalidava quase, toda a sua pesquisa. E ele estava determinado à completude.

O homem sentado diante da grande vidraça, sacode-se num arrepio livrando-se do sono. Os gansos ainda estão lá, gordos corpos brancos contra gordos corpos brancos, cada dia mais gordos, açoitando o ar com seus pescoços, espessando-o com seus gritos.

Podem partir à noite ou no dia seguinte ou em uma semana. Não há tempo certo para sua permanência, ele já verificou, não obedecem à Lua, talvez não se atenham aos ventos. O homem não quer perder mais um ano, seu próprio tempo está sendo gasto. Detêm-se ainda na poltrona durante alguns minutos ou fração de hora, pensativo. Depois se levanta.

O homem vestiu-se de branco e está descalço. Saiu da casa, avança lentamente, muito lentamente, em direção à margem. Primeiro de pé, e logo de quatro. Move-se como se estivesse parado, milímetro a milímetro, leite injetado em suas veias pelo desejo de mimese. E se aproxima. Desta vez não partirão sem ele.

As mãos afundam na lama, gelada embora a primavera, o frio lhe penetra o corpo e, por instantes, o detém. Em seguida, tão lento, avança, e afunda os joelhos, e as canelas, os pés.

O homem está ainda no começo da margem, mas já rodeado de gansos, estonteado pelo cheiro, pelos gritos, por aquele ondear morno de pele sob as penas.

Ele também se põe a ondear vagaroso, tentando o ritmo certo.

Cabeça baixa, hesita, sem atrever-se a olhar ao redor, evitando qualquer gesto que o denuncie. Espera, assimila.

E, súbito, afunda a cabeça na lama. Rosto tragado pela escuridão, revira aquela pasta, mais com o nariz do que com a boca, em busca do alimento que nunca provou e que lhe permitirá, uma vez engolido, sacudir a cabeça no ar e emitir seu grito.

APESAR DA

A bomba-relógio nunca chegou a explodir. Apesar da precisão do mecanismo, e sem que seus autores o pudessem prever, minutos antes da hora programada no artefato, o tempo entrou em pane.

À BEIRA DA FALÉSIA

Há um equino parado à beira de uma breve falésia. Ao fundo dela corre um riacho. O equino pode ser um cavalo, uma mula ou um burro, tanto faz, não estamos trabalhando com símbolos.

O equino olha o lado de lá, a grama mais verde, talvez, ou o solo menos pedregoso. Cascos cravados no chão, corpo tenso, orelhas erguidas, deseja firmemente o outro lado. Não tem como alcançá-lo. A distância é grande demais para o salto, a falésia é íngreme demais para a descida. Nem pode costear o riacho até encontrar uma passagem, o caminho está barrado por uma cerca.

O equino não sai do lugar. Poderia continuar pastando no lado onde foi posto pelas circunstâncias ou pela mão do dono. Mas, na sua determinação, não quer perder a possibilidade de estar ali, pronto, quando o impossível acontecer.

SEGUNDA HISTÓRIA DE INSÔNIA

O lobo insone decide contar carneiros. Mas ao ver o primeiro saltando a cerca, não resiste. Lança-se atrás dele, e o persegue até acabá-lo em sangue. Cheio o ventre, adormece saciado.

COM O OLHAR

Entediava-se. A vida era um peso, chumbo nas veias. Bateu sua juventude contra as pedras como as lavadeiras no rio batem suas roupas. Puiu o tempo que lhe havia sido destinado. Depois, um dia, surpreendeu-se entediado do tédio, e acompanhou com o olhar o voo de uma borboleta. Só com o olhar. Há muito havia perdido as asas.

A QUESTÃO É EÇA

Um barco nunca está imóvel, nem mesmo quando atracado ao cais. Assim pensa Ulisses, sentado diante do mar numa rocha na ilha de Ogígia, com a barba enterrada entre as mãos. Um barco – pensa ele – nunca está parado, ainda que preso ao fundo pela âncora. Um barco – ele sabe – é sempre possibilidade de viagem.

Viajou tanto, Ulisses, e agora se vê preso pela vontade dos deuses na imobilidade pétrea dessa ilha. Preso ao corpo e ao desejo de Calipso sempre inalterados, à ausência de surpresa no leito em que sequer os lençóis se amarfanham.

Piores são esses sete anos de escravidão erótica – pensa ele – do que os dez passados em lutas diante das muralhas de Troia. Melhor seria tê-la perdido.

E se arrepende, quase, de ter inventado o Cavalo.

Necessário seria pedir clemência aos deuses, sacrificando em sua honra uma rês com os chifres recobertos de ouro, não sem antes purificar-se com a límpida água. Não conhece, Ulisses, outra maneira de obter a simpatia dos que, no Olimpo, determinam sua sorte. Mas como – pergunta-se o herói – afundar o machado no pescoço da rês e deixar jorrar na bacia seu negro sangue, se nada, nada nesta ilha encantada nasce ou morre?

SEM NECESSIDADE

Ofertou seu coração ao amado. Que, sem necessidade de transplante, abandonou o presente no fundo de uma gaveta.

PARA AGRADAR

Era um homem pio. Desejoso de agradar a Deus, começou a infligir-se pequenos castigos. Pequenos, a princípio. Logo, crescentes. E dia a dia, mais ferozes.

Quando percebeu o enorme prazer que deles extraía, era tarde. Já não podia parar, embora soubesse que agradava ao Outro.

POR INSTANTES

A taça na mão. O vinho na taça, contido. O vinho é pássaro preso, pensa o homem. Para libertá-lo, colhe a faca sobre a mesa e, segurando-a pela lâmina, desfere com o cabo um golpe seco na taça. Os cacos caem sem manchar a toalha. Por instantes, o vinho retido entre dois dedos conserva a forma da taça ausente. E logo, lento, escorre fluindo sobre si mesmo.

ESPÉCIE DE ROTEIRO PARA CORVO E RAPOSA

Todas as cenas – Exterior – Dia.

Alguma grama ao pé de árvore cuja alta copa mais intuímos do que vemos. Em quadro, além do tronco, só um galho.

Cena 1

A raposa prepara-se para saborear um perfumoso camembert pousado à sua frente, na grama.

Atento, no galho acima dela, o corvo tudo observa.

Antes que a raposa ataque o queijo, ergue as penas do rabo e caga com certeira pontaria, despejando sua carga bem no centro da forma branca.

Cena 2

Surpresa da raposa. Que olha o queijo, olha desconfiada para um lado, torna a olhar o queijo, olha para o outro lado. Do alto chega a voz do corvo.

– Comadre raposa, não posso acreditar que a senhora, tão bela, tão elegante sempre, com pelo tão brilhante e inigualável cauda, vá comer queijo tão imundo.

– De fato, compadre corvo, não é coisa para mim. Estava justamente olhando ao redor, para ver se descobria alguém, mais do que eu, indicado para recebê-lo.

Cena 3

Close na raposa que olha para cima.

– Gostaria de lhe oferecer esta iguaria, compadre corvo.

Pausa. A raposa faz dengo de frágil donzela.

– Mas não tenho forças, não tenho mesmo – a raposa abaixa a cabeça frisando sua impotência – para atirá-lo tão alto.

Cala-se esperando que suas palavras atinjam o objetivo.

Depois, com voz densa e sedutora:

– Mas se o senhor estiver interessado...

Cena 4

Big close nos olhos amarelos da raposa, que baixa lentamente as pálpebras.

Ouve-se o farfalhar das asas do corvo.

Cena 5

O corvo pousa junto ao queijo. E já abre o bico, quando a raposa lhe salta em cima, e de uma só bocada o devora.

Cena 6

Uma pena preta volteia no ar. A raposa colhe a pena. E com ela entre os dentes limpa cuidadosamente o camembert, que comerá de sobremesa.

DEPOIS QUE

Carregava consigo um vasto cemitério. Amigos, parentes haviam se deitado ao longo dos anos aumentando a carga, tumba a tumba. Ora com um ora com outro, conversava em silêncio ou em voz baixa, sorridente, mantendo atualizada a relação, embora à distância.

Breve, chegaria a sua vez. Mas não se incorporaria ao seu próprio cemitério. Seria carregado por alguém, filho ou mulher, passando a fazer parte de outro repertório. E inquietava-se menos consigo do que com o silêncio que, como uma hera, tomaria as lápides com as quais havia dialogado tão longamente.

SEM

Gêmeos idênticos. E pobres. Nem espelho tinham. À hora de fazer a barba cada um se olhava no rosto do outro.

UM NOME

Inspirou fundo, não para encher o peito de ar, mas para domar a respiração. Olhou à frente, do lado de lá, medindo a distância. E pé ante pé como quem caminha sobre um fio, começou a travessia.

Sentia-se quase suspenso e, ainda assim, seguro. O vento sibilou em seus ouvidos. Lembrou-se da história do homem que caminhava firme na tábua estreita enquanto a acreditava pousada em terra, mas que ao percebê-la suspensa sobre o abismo, perdeu o equilíbrio e caiu. Ele não tinha nada a ver com isso, pensou. Não fazia parte de nenhuma metáfora de nenhum filósofo árabe, pensou ainda, irritado. E porque o nome de Avicena aflorava em sua cabeça sem que pudesse negá-lo, distraiu-se, o pé da frente escorregou na tábua úmida que havia sido deitada sobre as poças para permitir atravessar a rua, o pé de trás sentiu-se travado. E ele todo desequilibrou-se, indo cair de rosto na lama.

IT'S WILD

Ecoa de passagem, no silêncio da reserva, a música vinda de um jipe de turistas. "Baby, baby, it's a wild world!..." canta Cat Stevens. E a leoa tranquiliza sua cria: "Liga não, filho, não é a nós que ele se refere".

TOC, TOC, TOC

Parou a carroça junto ao murinho de pedras. Além do murinho, nem próxima nem distante, a casa. Uma a uma descarregou as pequenas toras de madeira. Toc, cantava cada tora ao cair sobre as outras. Toc, toc, toc, até todas estarem empilhadas.

Subiu à boleia, conduziu o cavalo para que encostasse a carroça em sentido contrário, junto à madeira empilhada, e saltou. Uma a uma tirou as toras da pilha, atirando-as na carroça. Toc, batia cada uma ao cair sobre as outras. Toc, toc, toc, até não haver mais nenhuma junto ao muro de pedras.

Subiu novamente à boleia, estalou as rédeas e se foi. Havia sido pago pelo dono da casa para entregar-lhe a madeira. Havia sido contratado pelo comprador da madeira do homem da casa, para buscar e entregar-lhe o lote. Cumpria o combinado, que ninguém o acusasse de negligência.

FOI GRAS

A grande ave adentrou ondulante no quarto de Leda, brancura de penas reverberando na escuridão. E Leda se abriu para recebê-la.

Foi amada pobremente. Não era o cisne que ela havia esperado. Mais bem um ganso. Indignada, ela ordenou que se cortasse o pescoço do mistificador, e que seu gordo fígado lhe fosse servido em prato de prata.

FIEL, NEM TANTO

Levava a memória na coleira, atada a uma guia vermelha, para que não se afastasse de vista. Ela acompanhava o dono, simulando obediência, mas por vezes desaparecia súbita deixando abandonada a inútil prisão vermelha. E em rasgos mais audazes saltava para a frente, acenando-lhe do futuro.

ENTRE

Um homem vai por um caminho, chega à bifurcação.

Hesita longamente entre um lado e outro. Afinal, a poder de foice, abre no meio dos dois um terceiro caminho.

PARA ESCAPAR DO PIOR

Sabia-se frágil demais para aguentar cadeia. Suicidou--se então com dois tiros, para só depois ir matar a mulher a facadas.

CENA ANTIGA

Amanhece o dia entre neblinas, quando o Bem e o Mal se encontram para mais um duelo. Escolhem as armas nos estojos, aproximam-se para o encontro ritual, encaram-se. Os padrinhos que aguardam ao lado do campo, escuros como as gralhas que saltitam entre restolhos, são instados a partir. Que não haja testemunhas.

Afastados estes, Bem e Mal guardam as armas, se envolvem em suas capas e caminham até a taverna mais próxima. Ali, frente a canecos cheios, discutirão estratégias e trocarão conselhos durante dias ou séculos, até o próximo duelo.

SEM CONSIDERAR

Estranho, o seu diálogo com as estrelas. Desde menino lhes dirigia perguntas, atendido apenas pelo silêncio. Quando, afinal, recebeu mensagens, não pareciam fazer sentido. E ele nunca considerou que na distância, tanta, confundiam-se os tempos, e as respostas só o alcançavam, desgastadas e incompletas, quando há muito havia esquecido as perguntas.

TERCEIRA HISTÓRIA DE INSÔNIA

Ausente o lobo, dormem os carneiros no redil. Menos um. Que para chamar o sono decide contar homens pulando a cerca.

Mas o primeiro se recusa a fazê-lo. E está armado.

PARIS, COM JARRO DE PEIXES

Não se cansava de olhar a reprodução daquele quadro de Matisse, o canto de um cômodo afundado em sombra azul, a leve grade no peitoril da janela, a luz da primavera lá fora quente como um hálito iluminando em rosa o prédio antigo, e suspenso quase, entre os dois, transparência pura, um jarro com peixes vermelhos. Sentia-o tão íntimo, tão parecido consigo mesmo, que tentou recriá-lo em sua própria casa.

Providenciou sofá com almofadas, semelhante ao que se entrevia a um canto, grade em volutas de ferro batido, a banqueta sobre a qual pousava o jarro, e peixes vermelhos. Só a paisagem, aquele vivo rosa palpitando lá fora, não estava ao seu alcance. Ainda assim, estendido por vezes no sofá, o olhar pousado no mover-se lento dos peixes, gostava de imaginar-se parte daquela primavera ilusória.

Teria continuado feliz com seu arranjo, não deparasse, bem mais tarde, com outra versão do quadro, pintada por Matisse no outono do mesmo ano. O cômodo já não acolhia o olhar, nenhum espaço em sombra nem sofá nem almofadas, em seu lugar volumes retos, um mero aceno de volutas, e além delas a paisagem reduzida a um azul plano e indiferente como um lençol estendido. Matisse renunciara justamente à primavera cor de carne que ele tanto desejara. E, no jarro, os peixes vermelhos estavam aprisionados em água espessa como gesso.

Anulada pelo autor, Paris escapava-lhe. Quis despedaçar o jarro, marcar com cacos e peixes mortos a ruptura do seu devaneio. Não o fez. Olhou pela janela, as palmeiras se agitavam, o tempo ia mudar. Tirou da caixinha junto ao jarro pitadas de ração, e as foi deitando aos poucos sobre a água.

TIJOLO SOBRE TIJOLO

Tantos anos de vida em comum tornaram a separação inevitável. Chamou-se o pedreiro, um muro foi erguido dividindo a casa ao meio. De um lado ficaram os filhos, os empregados, os animais domésticos. Do outro, ele, ela, e a conquistada solidão.

LENTAMENTE, NO RUMO

Mão posta na bengala, a velha senhora avança acompanhada por seu velho cão. Caminham devagar, ela lenta em seus passos, ele vagaroso com suas quatro patas. Não há pressa. Dos três, só a bengala não está perto do ponto de chegada.

A PARTIR DO BARRO

Prosternada frente à imagem de Deus, a mulher infeliz com seu casamento árido, seu ventre mais uma vez cheio, seu mísero cotidiano,

Implora clemência. Silêncio é a única resposta que lhe chega. E ela não encontra forças para impedir-se de pensar que tão dura é a sorte das mulheres porque modelada, do barro, por mão de Homem.

ALGUÉM QUE PASSA

Um homem sai, vai pela rua e cruza com outro, que lhe parece estranhamente familiar. A princípio não sabe porque, depois se volta, olha para ele e percebe: usa um chapéu emplumado exatamente igual ao seu, da mesma cor exata, com a mesma pena meio roída de um lado. E já se vai. Nosso homem ri desse encontro. Depois o esquece.

Passam-se dias, talvez uma semana ou menos. O homem sai. Mas chegando à praça se embate com um sujeito, aproximadamente da sua altura, que veste a mesma sobrecasaca lilás que ele havia escolhido aquela manhã, com tanto cuidado, no seu armário. Deste vez não ri, uma ponta de angústia o impede.

Será preciso gastar muito tempo antes que saia de novo. Mais de uma vez esteve pronto, a mão na maçaneta, para acabar renunciando no último momento. Mas afinal disse a si mesmo que nada de verdadeiramente importante havia acontecido, coincidências ocorrem, é sua mente de homem solitário que o leva a imaginar coisas inexistentes.

Sai. Porém, mal botou os pés na rua vê, virando a esquina, um tipo que se aproxima. As botas, as calças, a camisa que aflora por baixo do paletó, tudo é idêntico a cada peça que ele está vestindo. Abaixa rapidamente o rosto para não ver mais nada, retrocede quase de costas, entra no portão, sobe as escadas correndo, se tranca em casa. Ouve o seu hálito galgando a garganta com um chiado, passa a mão na testa, está molhada e gélida.

Demorará a se acalmar. Mas com a calma que chega progressivamente como água que sobe, chega-lhe também uma decisão: não sairá mais de casa.

Os dias se vão sem que traia sua promessa. Aproxima-se às vezes da janela busca o céu, o ar, mas não ousa olhar para baixo, com medo de ver alguém usando algo seu, quem sabe, seu próprio rosto. Se por erro ou por um fluir involuntário do desejo deixa deslizar o olhar aflorando apenas as pessoas que passam, basta uma cor familiar, um ondear que lhe lembre o da sua própria capa, para fazê-lo sobressaltar.

Entretanto, acabado o verão, acabado o outono, com a chegada do frio que esvazia as ruas retendo as pessoas na proteção das suas quatro paredes, acaba se convencendo de que, sim, certamente escapara do perigo.

Está justamente sorrindo para si mesmo, congratulando-se por esse pensamento e essa vitória, quando ouve, altos e compassados, os golpes de alguém que bate à porta.

ENTRE OS DOIS

Alguém tropeça e despenca, seu grito engolido nota a nota pela profundeza se perde aos poucos, e afinal se cala. Havia caído no insondável abismo que separa um nada de outro nada.

DO QUE O ESPAÇO

Eram todos prisioneiros da vida, naquela família. Todos queixosos. Ora um ora outro serrava uma das barras que os mantinham presos, mas o espaço obtido era insuficiente para a fuga, e sempre surgia motivo para abandonar a serra. Alguns sequer tentavam, o constrangimento apertado ainda lhes parecia melhor do que o espaço lá fora, coalhado de predadores.

PROFISSÃO ESCRITOR

Um rio passava diante da sua casa. Desceu esse rio até o mar, atravessou o mar por vezes tempestuoso até chegar a uma terra que não conhecia. Um rio desaguava daquela terra no mar. Venceu as ondas que lutavam na foz, subiu arduamente esse rio até a nascente. E desovou.

O MAIS TEMIDO

Cansado, magro, de presas quebradas e garras gastas, o velho tigre movia-se lento, alijado dos demais. A comida rareava ou era mais veloz do que ele. Então, um dia, oculto na erva alta da margem, viu um humano que pescava. A relutância em comer daquela carne foi confrontada com a fome. O tigre avançou com a barriga colada ao chão, e deu o salto.

Nomeado "devorador de homens", tornou-se a partir daquela escolha o mais temido e respeitado de todos os tigres da reserva.

POIS

– Teu pai, meu filho, era forte como o carvalho no fundo do jardim.

– Mas não há nenhum carvalho, nem temos jardim.

– Justamente.

ONDE JAZ EDIFRASIA?

Não há registro da sua data de nascimento, nem ela revelou sua idade a quem quer que fosse. Suspeita-se que tenha morrido às cinco da tarde de um dia de outono de um ano ímpar, quando já havia superado os 110 anos. Mas é um dado que ninguém pode comprovar, porque por essa época já se havia tornado tão pequena, tão mirrada, que pode simplesmente ter encolhido mais, perdendo-se num gramado ou entre as felpas de um tapete, e desaparecendo de vista. Em sua vida, Edifrasia Bonacori revolucionou o canto lírico ao produzir, com sua garganta privilegiada, o agudo mais grave de que se tem notícia. Enquanto tenores e sopranos ao alcançar suas notas máximas despedaçavam cristais, Edifrasia, com as suas, os emendava. Graças a esse dom único, viajou por todo o mundo acompanhando companhias líricas e recompondo, diante do olhar – e dos ouvidos – estáticos de reis, mandarins, vizires e caciques, todas as taças, jarras, espelhos, lustres e janelas que os cantores antes dela haviam cuidadosamente despedaçado. Deve-se a isso, certamente, seu encolhimento, pois cada agudo/grave que emitia vinha de tais profundezas do seu corpo, que parecia roubar-lhe algo de substância, fazendo-a minimamente diminuir. Lamenta-se que Edifrasia não tenha deixado túmulo, para que nele se deitassem flores. Ou cacos de cristal.

AS FLECHAS DO HERÓI

Em sua 5ª tarefa, Hércules abateu a flechadas as temíveis aves do lago Estínfalo, dotadas de cabeça, bico e asas de ferro. Interrompia, sem saber, antigas pesquisas de engenharia aérea, que retomadas muitos séculos mais tarde, levariam à descoberta do avião.

QUE NADA SE DESPERDICE

A mulher que deitada na cama ao lado do marido procura o sono, está imóvel. É nessa imobilidade que o desejo, sem ter sido convocado, lança seu apelo, e se apropria dela lentamente. Sem toque ou gesto que a denuncie, a mulher se acende.

Dessa luz se aproveita o marido para ler um pouco, antes de dormir.

QUARTA HISTÓRIA DE INSÔNIA

Enfurecidos com o homem que, noite após noite, lhes impede o sono obrigando-os a saltar cercas, os carneiros invadem a cama e com cascos e dentes o adormecem para sempre.

NA TERRA MOLHADA

Trovões, nuvens densas, tempestade. Um raio fende ao meio o tronco da velha nogueira, o vento sacode o que lhe resta, arranca folhas e galhos. Não distantes, bambus se vergam, cedem, entregam-se à fúria ondeando a cabeleira.

– Assim é que é – gaba-se o mais flexível em meio ao silvar do seu próprio movimento, dobrar as costas, inclinar-se, mas sem partir a vida.

Súbito, um sopro mais intenso o submete, quase o abate, ele se flete, e eis que a folhagem do cimo fica presa sob o peso de uma rocha. Não mais conseguirá se reerguer.

A tempestade passa. Na escuridão da terra molhada, as raízes da castanheira preparam-se para iniciar nova brotação.

QUESTÃO DE DIREITO

Depois de muitos dias de silêncio, o contrabaixista foi encontrado morto, estrangulado com uma corda do seu próprio instrumento.

Tocava muito mal, disseram os vizinhos, maltratava as partituras. Intimadas a depor, as notas se apresentaram em conjunto. Seu advogado alegou legítima defesa.

PELA ABUNDÂNCIA

Caminhava pela estrada, empurrando a bicicleta com uma mão e puxando o cavalo por uma corda com a outra. Não faria sentido andar de bicicleta se tinha um cavalo, nem o havia conseguido ao tentar – um tombo, dois tombos. E se montasse a cavalo, teria que abandonar a bicicleta.

Então ia a pé, com tantos quilômetros pela frente, o corpo meio enviesado, e a alma cheia de abundância, grata pelas duas montadas.

O MENU

Satã sentou-se à mesa. Comeu saladinha de rúcula, mozzarella de búfala, tomatinhos cereja. Cuidava do colesterol. De sobremesa, concedeu-se almas.

SOBRE A AUTOESTRADA

Durante horas, debruçado no gradil da passarela acima da autoestrada, olhava o fluxo dos carros que, como o rio da sua infância – tão distante e tão próximo – não parava de escorrer. Às vezes, como então, cuspia, sem porém ouvir o leve baque que denunciaria a chegada do cuspe, abafado pelo som cavo e constante daquele avançar sem rodamoinhos.

Havia dias em que, mais cansado, sentava-se. E balançando de leve os pés pendentes no ar, desejava de forma incompleta um caniço pequeno, um fio de linha que daria outro sentido ao seu estar ali.

Também pensava, só pensava, sem se atrever, como seria libertador tirar a camisa. Sentia os dedos afastando sensualmente as beiradas da casa, passando por elas a curva do botão, forçando de leve até que deslizasse por inteiro, e logo descendo ao botão seguinte, até abrir o peito ao ar, aquele ar que subia de baixo morno como um hálito. Despido o tronco, mergulharia como tantas vezes havia feito, a pele eletrizada pelo choque frio, abrigado em eternos minutos pela escuridão da água e dos olhos fechados, e logo expulso para a luz.

Era um pensamento apaziguador, do qual emergia em braçadas, respirando fundo. O corpo continuava fechado no casulo da camisa, em alguma parte havia ainda um querer. Mas sentia-se lavado e lasso, já podia voltar para casa. De onde, no dia seguinte, tomaria outra vez o caminho da passarela.

E NEM ERA VERÃO

Tão fértil a mulher, que ao acordar uma manhã o marido deparou-se na cama, em seu lugar, com uma árvore carregada de frutos.

QUEM HAVERIA DE

É jovem ainda o homem que confecciona e se impõe a máscara. Ficou perfeita. E que tão protegido se sente atrás dela! Não mais a deixará. Nem corre risco de ser descoberto. Pois quem haveria de imaginá-lo escondido atrás da efígie do seu próprio rosto?

NO VERDE, ENTRE TRONCOS

Uma sensação. Não mais do que isso a princípio. Uma sensação – ou seria mais justo dizer uma percepção? – no canto do olho, como se de presença ou movimento. Assim, tão pouco. E no entanto.

No entanto bastava virar a cabeça, desviar o olhar da tela do computador e voltá-lo para os papéis sobre a mesa, para sentir que alguém, algo, o espiava. Não todas as vezes, porém. Só em alguns momentos, sempre fugidios.

Cada vez mais frequente, aquilo que havia sido apenas sensação tornou-se desagrado, desconforto, exigindo ação. Vencerá o mais persistente, pensou ele, dentes trancados. E pôs em marcha o seu pequeno plano.

Voltava a cabeça pausadamente, com ênfase quase, querendo atrair quem quer que se movesse esquivo. Abaixava-a sobre os livros, fingia tomar anotações. E de repente se virava para a posição inicial, olhos postos na tela.

Na tela, porém, deslocava-se em grande lentidão uma floresta, aos poucos substituída por um ramo de avenca, e em seguida um riacho, a brotação de uma folha. Era o seu descanso de tela evitando o desgaste do monitor.

Passou horas nessa caçada muda. Sua estratégia lhe garantiu afinal que sempre, ao tentar flagrar o inimigo, deparava-se com o verde. Era no verde, então, que ele se escondia.

Arrumou um mínimo espelho, posicionou-o oculto entre livros. Fazia-se de ocupado, lapiseira na mão, cabeça baixa. Mas o olhar, enviesado no espelhinho. E quando a floresta apontava, num salto a encarava. Até que, afinal, o viu.

Um vulto, um homem talvez, o espiava por trás de um tronco, esgueirava-se abaixado passando de um tronco a outro. Troncos que também se moviam, mais lentos, logo dissolvendo ou absorvendo aquela pessoa no ramo de avenca.

Mais que susto, tomou-o um sentimento de vitória. Mas vitória não havia, já que a figura continuava movimentando-se, indiferente ao fato de ter sido descoberta. Pensou por momentos que fizesse parte do cenário. Seus movimentos, porém, eram sempre diferentes. Não havia sido posto ali junto com a floresta ou o riacho. Era um invasor.

Limpou a mesa, nada de pessoal haveria de ficar à mostra. Controlou sua correspondência. E ele ali, entre troncos. O que queria, afinal? O que faria das informações que porventura obtivesse, se é que estava atrás de informações? Sabê-lo presente tornou-se garra em seu ombro, peso que aniquilava a espontaneidade. Nunca mais se sentira sozinho em seu escritório.

Só quando pensou em desfazer-se do computador percebeu o quanto de sua vida havia entregue à máquina desconhecida. Fora incauto e agora era tarde, a perdê-lo perderia parte importante de si. Trocar o descanso de tela não era garantia, o habitante poderia deslizar para outra parte daqueles contatos, tornando-se mais perigoso porque mais oculto. Jogar no lixo pareceu-lhe impensável, não entregaria sua privacidade à curiosidade alheia.

Recolheu mínimos dados pessoais. Não esperou pela floresta. Levou o computador para a garagem. A tela apagada era um olho acusador. Sem nada dizer que o denunciasse, levantou a marreta.

Que claro lhe pareceu o escritório com aquela ausência.

Era tempo de retomar sua vida onde havia sido interrompida.

Sorrindo, tomou o *pendrive* sobre a mesa. E ainda sorria quando o inseriu, lentamente, no computador novo.

ONDE O LUGAR

Existiria nesse mundo um lugar que fosse seu?, perguntava-se o viajante levado por longa procura. Tudo estava tomado nas cidades, tudo o expulsava nos desertos.

Matou animais e vestiu sua pele, sem encontrar naquelas peles seu lugar. Matou o semelhante e entrou em sua casa, mas as paredes lhe disseram que aquele não era seu lugar. Por fim, esfaimado, colheu um ovo num ninho. E na curva do ovo deitado na curva da palma reconheceu o seu lugar. Um lugar sem porta de entrada, que estaria para sempre perdido se apenas tentasse quebrar a casca.

HISTÓRIA 2

Tão vaidosa, Teodora, a antiga bailarina do circo, filha do tratador de ursos. O Império Bizantino a seus pés, e ela empenhando horas no banho, perdendo-se em minuciosos rituais de beleza. Agora lá está, no mosaico de Ravenna, em cacos.

EM SILÊNCIO

Precisava de silêncio para pensar, ordenar sua vida e rumos.

Juntou poucas coisas, navegou até uma ilha deserta. Mas a gritaria das aves marinhas fundia-se com o farfalhar do vento nas palmeiras, e quando ambos se calavam, batiam inevitáveis as ondas contra as pedras. Silêncio não havia.

Tomou suas coisas, voltou ao continente, recolheu-se numa gruta em montanha distante. Embora isolado, logo se viu rodeado de ruídos, pequenos alguns, minúsculos outros, que o aparente silêncio circundante agigantava. Era o gotejar do excesso de umidade, o esvoejar dos morcegos ao anoitecer, o zumbir de um ou outro inseto, um gorjear lá fora, um escavar cá dentro, um rastejar, e o ronco majestoso dos trovões, o estalar dos relâmpagos.

Novamente arrebanhou seus poucos pertences. E desceu a montanha, regressou à cidade. As chaves da sua casa tilintavam no bolso, não atendeu ao apelo. Tomou ônibus e metrô, caminhou até a praça mais central. Ali, onde tantos passavam e as buzinas dos carros e os apitos dos guardas e o gritar dos ambulantes e o chamado das sirenes se entrecruzavam, sentou-se. Assim como havia ignorado as chaves, ignorou os sons todos que lhe atingiam a cabeça, esqueceu os ouvidos. E, vagarosamente, começou a descida em seu silêncio interior.

A OPÇÃO

Para a frente e para trás, vai a menina no balanço da pracinha. Quando cansa da brincadeira, para, e começa a se balançar para os lados.

QUASE ROMANCE, NA ESTAÇÃO

Todos os dias ia à estação ferroviária esperar o homem amado. Ainda não lhe conhecia o rosto. Mas com certeza saberia que era ele tão logo descesse do vagão e pisasse na plataforma. Estava a caminho, assim haviam dito as cartas. Breve chegaria.

Outro, porém, é o tempo dos baralhos. Anos se passaram. Quando afinal chegou, vindo de tão longe, ela havia deixado de ir à estação. Ele desceu do vagão, olhou em volta. Não havia ninguém à espera, garoava. Levantou a gola do impermeável, lamentou não estivesse ali uma mulher para abraçar, recortando perfis contra a fumaça das locomotivas. E, recolhendo a maleta que havia pousado no chão, tornou a subir antes que o trem se fosse num apito.

ASSIM QUE ACABASSE

O pesadelo estava apinhado quando ela chegou. Encontrou lugar ao fundo, em alguma parte daquele fundo sem começo. Sentou-se num banco, com a bolsa no colo. Segurava a alça com as duas mãos. Era importante a bolsa, dentro estavam as chaves de casa. Abriu o fecho para certificar-se. Quantas coisas na bolsa! Remexeu com a mão, sem encontrar as chaves. A angústia tomou-a, espessa como um óleo. Virou o conteúdo da bolsa no colo. Uma parte do conteúdo caiu no chão. Começou a chover. Pôs-se de quatro, passava as mãos tateando o piso, mas era areia, a chave tinha afundado. Já não se via mais ninguém, todos haviam partido. Ela também queria ir, mas não sabia onde estava a saída. E a chuva. Ouviu o barulho do trem. O comboio passou na estação, janela iluminada, janela iluminada, janela iluminada. Não parou. Ela sentiu a chave, apertou-a entre os dedos. A bolsa continuava aberta. Entrou dentro dela, fechou-a com um estalo. Estava salva. Assim que o pesadelo acabasse, voltaria para casa.

NO TEMPO

Um coágulo impediu o pleno funcionamento da clepsidra.

E POR FIM

Pensou que seria viril ter uma cascavel deslizando sob a pele, e durante várias sessões submeteu-se às agulhas que implantavam o colear das escamas. Por fim, a cabeça.

Dorme à noite o homem cansado. Tão cansado que no silêncio do quarto não basta, para despertá-lo, o tilintar dos chocalhos.

SIM, SABERIA

Subiu na alta esplanada no topo de um monte. O vento frio mordeu a beira do seu capote, ouvia-se um sibilar entre ramos, e o farfalhar das asas de aves em voo. Mas todo o vale com suas estradas e moradas estendia-se abaixo, como um tapete. E talvez, em dias claros, se visse o mar.

Voltou outras vezes. Ficava ali de pé, ou aproximava-se da beira do penhasco. O olhar se espraiava, circular. Estava só e não se sentia sozinho, mas pleno, preenchido por toda aquela amplidão que parecia chamá-lo.

Por fim, levou seus poucos pertences para lá, ergueu um abrigo, estabeleceu-se. Se alguma coisa acontecesse no vale, se imigrantes vindos de terras longínquas chegassem, ou se algum inimigo encaminhasse tropas por qualquer das estradas, seria o primeiro a saber. Saberia do aproximar-se das tempestades, do adensar-se dos ventos. Nada poderia fazer, tão só e desarmado, tão isolado e distante. Mas saberia antes de qualquer outro.

Atento, começou a vigiar.

ANTES QUE

A xícara de leite está sobre a mesa, à sua frente. Mas uma xícara, pensa a mulher lembrando as palavras de Krishnamurti, só é preciosa quando está vazia. Com cuidado, entorna a xícara e a coloca de volta no pires. Depois, olhos postos na sua única preciosidade, lambe o leite antes que escorra sobre o tapete.

ALÉM DOS TRILHOS

Maquinista, ganhou uma camiseta que trazia escrito: “Para descobrir caminhos é necessário sair dos trilhos”. Riu. Não da frase de Einstein. Nem da brincadeira de quem lhe havia dado o presente. Riu do desconhecimento deste.

Pois se era igual o percurso que seguia no comando da locomotiva, diferente era a paisagem que, embora parada, corria sob o seu olhar. Ora abrasada pelo sol, ora acolchoada em neblina ou semioculta na escuridão, verão ou inverno, sempre cambiante, paisagem que animais e pessoas alteravam com sua presença, um burro levado por um homem debaixo da chuva, um cão na nuvem de poeira, ovelhas da cabeça baixa, um cavalo, a grama alta, o mato raso, e a carroça, a bicicleta, por vezes paradas com seus donos na passagem de nível. Sempre outras as pessoas nas estações, sempre diferente a expressão no rosto dos que chegavam, dos que partiam, dos que esperavam por alguém ou por outro trem. E quantos, quantos variados olhos nos bares das estações onde descia uma ou outra vez durante a parada. Quantos os olhos de mulher velados de expectativa ou de saudade que haviam encontrado os seus.

A locomotiva está presa aos trilhos, pensou dobrando com cuidado a camiseta, a alma não.

A BELA VISTA

Mandou pintar o retrato da amada para tê-la sempre sob os olhos. Atrás dela, pediu ao artista uma janela à moda renascentista, com bela paisagem.

Foi por onde a amada se evadiu, quando não suportou mais ser tão olhada.

QUINTA HISTÓRIA DE INSÔNIA

Demasiado fracos os carneiros, para afastar sua insônia, o homem convoca os lobos. Olhos amarelos e cheiro de matilha, o primeiro aproxima-se da cerca, pronto ao salto. Cintila nas mandíbulas a branca lâmina dos caninos. O homem, ameaçado, foge para a proteção do sono.

O BOM CONSELHO

Leu em Descartes que certo é duvidar de tudo, até encontrar algo de que não se possa mais duvidar. Decidido a seguir o ensinamento, duvidou dele. E começou a confiar.

INDICAÇÕES PARA ROTEIRO DO 1º ANO

1 – Externo – Paraíso Terrestre – Dia – Luz de sol intensa.

Irado com a desobediência ao seu único interdito, Deus expulsa Eva e Adão do Paraíso Terrestre.

A maçã, causa do desastre, vai com eles.

ATENÇÃO: não usar efeitos especiais para a ira do Senhor.

Passagem de tempo.

2 – Externo – Mesmo cenário – Dia – Luz em decréscimo.

O Paraíso Terrestre continua inalterado. As feras passeiam, os pássaros voam, as flores se abrem.

Mas a ira de Deus não se esgotou com a expulsão, e ele pensa em alternativas.

3 – Externo – Mesmo cenário – Quase anoitecendo.

Cintila o olhar divino. Castigo pior tem em mente.

Chama de volta os dois infratores.

E se retira, deixando tudo para eles. Mas levando consigo a Harmonia.

Close no galho da Árvore.

Big close na Serpente que desliza.

A PORTA

O homem atravessa uma sala e para diante da porta fechada. Além dela pode estar o abismo. Ou a escada que busca. Com a mão na maçaneta, o homem se imobiliza, sem coragem para abrir, sem desprendimento para renunciar.

O ESPAÇO VAZIO

Havia-lhe prometido não voltar-se, caminhar sem olhar para trás. "Como a mulher de Lot", dissera tentando injetar algum sorriso na despedida. Seria menos doloroso. Avançou em passos que sentia travados, cobrindo uma distância que não era nada e era tanta. O ar queimava-lhe a boca, mas talvez fosse a respiração. Tudo era peso, o dentro e o fora. Um passo a mais, e qualquer outra solução se tornaria impossível. Estancou repentina como se diante de um muro. Virou-se.

Ele não estava lá. Não havia esperado, desejando que se voltasse.

O espaço vazio, onde o havia visto pela última vez, tornou-se maior do que aquele que a esperava adiante.

SÍSIFO SEC. XVI OU HISTÓRIA 3

Como boa dona de casa, a castelã tinha por tarefa fazer as velas que iluminavam as noites da sua família. Como boa dona de casa, ela mesma as acendia ao escurecer.

ÁGUA ACIMA

A ovelha bebe no riacho. O lobo, inclinando-se para beber corrente acima, rosna e a avisa: "Ovelha, você está poluindo a minha água".

Não mente. Pois a proximidade da ovelha muda a qualidade da água, e quando o lobo abaixa o focinho e libera a língua, o gosto que lhe vêm à boca é de sangue.

NO BARCO COR DE SANGUE

Ah! a placidez das águas turvas, que nada revelam e nada exigem. Para isso havia alugado o barco, para ser plácido como a água, ainda que por breve tempo. Um barco pequeno no pequeno lago do parque rodeado de cidade por todos os lados. Remou com falta de jeito, mais para ver o afundar e erguer-se dos remos, do que propriamente para avançar. Os ruídos, os ruídos tantos que das ruas se alçavam escalando os *canyons* dos prédios, lhe chegavam abafados pela distância pouca, e pelas copas das árvores. Deixavam de ser buzina, freada, alarme, sirene, para tornar-se pasta sonora amalgamada, quase uma outra natureza do ar. Um barco pequeno pintado de vermelho denso, vermelho sangue, que descascado aqui e acolá entregava um idêntico vermelho subjacente, como se vermelha fosse a madeira de que era feito. Um barco em que caberia exato, se deitasse. Deitou-se. Recolheu os remos. Um barco, pensou embora desejasse tanto não pensar em nada, um barco, pensou, não fica parado, mesmo que não haja vento. Um barco ondula. Sentia o esquife balançar de leve sob seu corpo, e a água, aquela água turva cuja superfície pareceria intocada não estivesse ele a navegar, agia discreta por baixo do casco, como se suavemente roçando o dorso contra a quilha. Peito aberto sem a defesa dos braços cruzados, olhar afundado no infinito azul do alto, sentiu uma sombra aflorar-lhe a testa, passar pelas pálpebras, a boca, lamber-lhe aos poucos o corpo até abandoná-lo pelos pés. Viu a copa de uma árvore deslizar acima, e ficar para trás. O leve, levíssimo ondular repousava-lhe o corpo, devolvia-lhe a antiga segurança do berço. Indo e voltando entre palavras que nem bem escolhia, pensou que alugaria o barco no verão, quando pudesse tirar a camisa e ficar quase seminu ao sol, como se nadasse. E porque o havia pensado sentiu o súbito frio da roupa molhada nas costas, naquela mínima água que todo barco guarda ao fundo. Cochilou, talvez. Certamente fechou os olhos. Da pasta de sons, uma sirene destacou-se aguda. O barco pareceu estremecer. Abriu os olhos. Sem pressa, perguntou-se onde estaria, se próximo ou distante de onde havia embarcado. O ar passou mais fino ou mais rápido sobre o seu rosto, o fundo do barco vibrava, quem sabe, tangido pelos arrepios do seu corpo agora gelado. O doce bambolear que o havia embalado fazia-se descompassado. Pensou que o tempo do aluguel estaria se esgotando, era hora de voltar. Ainda estendeu a mão preguiçosa para fora da borda, mas sentindo-a molhada por respingos, retraiu-a surpreso e, agarrando-se dos dois lados, ergueu o tronco. Nada do que viu era o que esperava ver. Nenhuma serenidade mais aplanava o lago, se lago era aquele em que o barco ia à deriva, flancos apertados pela água escura que se acavalava em correnteza e espuma estilhaçando-se contra as rochas das margens, avançando cada vez mais voraz até onde o olhar alcançava. Olhou para trás procurando o embarcadouro, os outros barcos iguais ao seu, a ponte vagamente japonesa que ligava a beira cimentada à ilhota artificial, os elementos todos que o haviam levado a alugar esse barco, a deitar-se no fundo do esquife cor de sangue em busca de placidez. Distante ou perdida estava aquela realidade. A sombra de uma copa deslizou veloz sobre o seu rosto lívido, a boca contraída não conseguiu articular as palavras do medo. Um rugido surdo havia-se acrescentado aos sons da mata que subiam entre os troncos, e o rugido lhe dizia que à frente, onde as rápidas se faziam mais intensas, uma cachoeira o aguardava.

acrescentado aos sons da mata que saíam entre os troncos, e o ruído lhe dizia que à frente, onde as rápidas se faziam mais intensas, uma cachoeira o aguardava.

SEMPRE À PROCURA

Era um rosto tão fino, o dela, que chegava como proa de navio, ou quilha, todo aresta. O nariz em riste, a lâmina do queixo e, entre os dois, o mínimo horizonte da boca.

No perfil, ao contrário, o rosto se espraiava, planície inesperada onde o úmido recorte do olho estremecia com vibrações de peixe.

Ele vivia com ela assim, mulher cambiante ao mover do pescoço, adequando-se ora a uma ora a outra, paz e corte. Sempre à procura, porém, daquela que, oculta entre as duas, lhes dava sentido.

PORQUE O CANTAR

Depois de longos anos amadurecendo no seio da terra, a ninfa saiu para a luz, transformando-se em cigarra. E começou a cantar.

Não cantava de alegria por estar ao sol. Mas de saudade da escuridão da terra. Sobre a qual tombou, passada a provação de suas duas semanas de luz.

EM IGUAL MEDIDA

Tinha orelhas tão pequenas, que só ouvia meias palavras.

SEM DEIXÁ-LA CAIR

Dá o peito ao menino. Mas em vez de mamar, a boca pequena sopra, sopra, inchando desmesuradamente o peito da mãe. Que aos poucos flutua acima do chão, se eleva, sobe, se afasta no azul levando o filho nos braços.

NUNCA

O primeiro presente que ele lhe deu quando começaram a se amar foi um espelho de prata. "Para duplicar tua beleza", disse.

Mas ela soube de imediato que um espião havia sido introduzido em sua intimidade. E nunca, nunca lhe entregou o rosto.

A SOLUÇÃO SEGURA

Ameaçado de despejo, mandou tatuar ao redor do tornozelo uma corrente, que prendeu com cadeado ao pé da cama. Dali ninguém o tiraria.

NÃO HÁ NADA ERRADO

Lutando para livrar-se da humana soberba, foi ao deserto conviver com os animais. Aprenderia deles a bastar-se com o pouco oferecido pela natureza. Tiraria de seu exemplo uma lição de modéstia, estando entre todos sem ser melhor do que ninguém.

No deserto, ergueu uma cabana com os raros galhos secos que encontrou. Juntou gravetos, acendeu o fogo, e na pouca água desmanchou o último pedaço de pão que havia trazido. Seria seu jantar.

O ar fino da noite ainda não se havia dissipado, quando saiu a caminhar.

Se pode minha irmã cabra alimentar-se dessas frutinhas, pensou vendo uma cabra comer dos ramos mais baixos de uma árvore, delas também me alimentarei.

E muitas vezes encheu a boca daquelas frutinhas que sabiam a fel e que tão pouca polpa tinham.

Mas não demorou a dor a apossar-se do seu estômago, obrigando-o a devolver aquilo que não lhe era destinado, e entregando-o enfraquecido a suas indagações, após longa prostração.

Refeito, castigou os pés até chegar a uma lagoa de água salgada.

Se pode meu irmão flamingo alimentar-se das minúsculas criaturas que habitam essa água, pensou vendo como os flamingos mergulhavam a cabeça vezes sem conta naquele azul, também delas me alimentarei.

E cheio de modéstia afundou o rosto e aspirou profundamente, sentindo o sal cortar-lhe as mucosas e invadir-lhe os pulmões. Porém, sem que o furto do seu ar lhe depositasse na boca qualquer alimento, perdia significado o sacrifício.

Durante muitas noites meditou sob as estrelas buscando iluminar sua escuridão interior. Durante muitos dias caminhou descalço sobre a terra esturricada que até as plantas recusavam, tentando vencer sua aridez interior.

Uma tarde, encontrou um lagarto.

Se pode meu irmão lagarto alimentar-se desses insetos, pensou vendo como o lagarto lançava a língua no ar colhendo seu alimento em voo, também deles me alimentarei.

E imóvel sobre uma pedra quente, como o outro havia feito, esperou. A luz do sol cegava-lhe as vistas, o zumbido que o calor impunha a seus ouvidos o ensurdecia. Pequenas criaturas aladas passaram certamente ao seu alcance sem que lhe fosse dado percebê-las. Quando afinal um mosquito aproximou-se, em vão abriu a boca. Sua língua curta e seca de sede, feita mais para a agilidade das palavras do que para a caça, nada conseguiu.

O sol se punha. Vendo a sombra do seu corpo alongar-se à frente, voltou à cabana que sequer se atrevia a chamar de eremitério. Juntou alguns gravetos, acendeu o fogo para cozinhar a sopa de ervas.

Havia sido orgulhoso querendo negar sua natureza, pensou enquanto a fumaça invadia a cabana. Havia aprendido a lição, pensou ainda, tossindo. A partir de agora seria ele mesmo.

– Amanhã – disse em voz alta para ser ouvido por tudo o que estivesse ao redor – tirarei leite da cabra, assarei o cabrito, caçarei o lagarto para fazer sandálias com seu couro, e fotografarei os flamingos.

Nada há de errado, pensou, em ser homem.

NINGUÉM VIRIA

Prestes a enfiar o vestido, a mala já feita, acabava apressada de se arrumar, quando a carta foi passada por debaixo da porta. Abriu o envelope, sentou-se na cama para ler. Não eram muitas linhas. Leu devagar, embora com voracidade, repetindo algumas palavras como se não lhes entendesse o sentido. E chegando à assinatura leu outra vez, desde o princípio. Repetiu a leitura muitas vezes. Da janela às suas costas chegavam sons da rua, que ela não ouvia. O sol morno que lhe desenhava os ombros não parecia aquecê-la. Quando parou de ler, não soube o que fazer da carta, continuou com ela nas mãos, mancha clara gravada nos olhos e no quarto que mais adiante ficaria em penumbra.

Em algum momento, deitou-se assim como estava – vestido e mala haviam-se tornado desnecessários. Encolheu as pernas. Não tinha mais pressa, ninguém viria procurá-la naquele quarto de hotel.

SEXTA HISTÓRIA DE INSÔNIA

Desejando se exercitar, o carneiro acionou a insônia do homem.

MODESTO DRAMA EM DOIS ATOS

Personagens:

Uma plantinha quase seca, lutando bravamente para sobreviver na terra árida.
Uma pessoa bem intencionada, vinda de país mais verde.

Primeiro ato:

A pessoa se abaixa para observar a plantinha de perto. Penalizada, descalça com cuidado as raízes arrancando-as daquele chão avaro. Com a planta na palma da mão, sai de cena rumo ao seu hotel.

Segundo ato:

No banheiro branco e fresco, a pessoa mergulha raízes e caule em copo cheio de água.
A imóvel enxurrada é excessiva para as forças da planta que só conhece secura. Extingue-se entre azulejos sua tênue vida.

ANTES MESMO

"Amada, te amo tanto, que sinto sempre ter-te amado", diz ele, ajoelhado a seus pés.

Se sempre me amou, pensa ela, o que o deteve que demorou tanto para chegar? E embora esteja apenas começando a amá-lo, sofre pelo tempo perdido.

PARA COMBATER A UMIDADE

Não foi Teseu o primeiro. Nem era nova a ideia do fio. Numerosas vezes, em anos anteriores, jovens adentraram o labirinto portando o farto novelo que lhes permitiria voltar após matar o monstro. Mas a alguns faltou a força necessária, a muitos a indispensável coragem, e os demais não tiveram nem uma coisa nem outra. Todos foram devorados. E cada vez, após roer bem os ossos, Minotauro colheu o novelo e se pôs a tricotar. O labirinto era muito úmido.

Quando chegou o seu momento, Teseu estava pronto para a glória. Matou-o rapidamente. Não tinha como saber que o flagelo de Creta estava cansado e entrado em anos, nem reparou nas mantas tricotadas amontoadas no canto que lhe havia servido de cama.

A ORDEM MANTIDA

No condomínio de subúrbio, ordenado como um tabuleiro de damas, as ruas são todas iguais, as casas todas gêmeas. A mesma precisão dos arquitetos será mantida pela imobiliária, que só permitirá habitantes idênticos, sendo a metade pretos e a outra metade brancos.

COMO UM MONGE

Em algum ponto da noite acordou tocado pela fome. Nenhuma comida disponível na casa quase vazia. Apenas, no centro da mesa, a cesta de frutas. A cesta, de vime, mas as frutas, todas de alabastro.

Iguais às de Pinóquio, pensou. Sentou-se diante das frutas, mãos espalmadas sobre a madeira. E, como um monge, começou lentamente a esvaziar seu pensamento. Não pretendia a iluminação do espírito, tentava apenas alcançar a essência primeira das frutas.

Amanhecia, quando se levantou. As frutas continuavam inalcançáveis, mas uma apaziguante mansidão havia tomado o lugar da fome.

Na rua, as padarias começavam a abrir suas portas.

AO MODO DE LA FONTAINE

A cauda da serpente queixava-se a Deus, por tê-la obrigado a um eterno segundo lugar. A cabeça vinha sempre na frente, a cabeça via o mundo e tomava as decisões, a cabeça comia carne viva e palpitante, enquanto a ela só alimento morto cabia.

Estava a cauda empenhada em suas lamentações, quando a cabeça, ameaçada pelo aproximar-se de um camponês, deu o bote para atacá-lo, e este ergueu a foice. Não se detém a lâmina no alto, com um silvado abate-se decapitando a serpente.

Livre da cabeça, a cauda revira-se ainda por alguns minutos. Tempo exato para agradecer a Deus o segundo lugar, que pela primeira vez lhe parece conveniente.

ENQUANTO O SONO

Demora, o sono. Para ocupar-se na espera, ela começa a tricotar mentalmente. Que longa echarpe tem de manhã, tecida com o fio dos seus pensamentos. Mas é muito desigual, interrompida por malhas perdidas e amplos vazios. Jamais poderá usá-la.

DUAS ROTAS NAS MÃOS

O homem parado na calçada traz dois veleiros nas mãos. O leve vento do trânsito agita as velas brancas. Na mão direita a rota das Índias. Na mão esquerda a dos mares da América. O homem hesita. O sinal fecha. O homem desce da calçada, e vai vender entre carros seu impossível destino bipartido.

PARA COMEÇAR

Desejou ter a beleza de uma árvore frondosa tatuada nas costas, copa espraiada sobre os ombros. Temendo, porém, o longo sofrimento imposto pelas agulhas, mandou tatuar na base da coluna, bem na base, a mínima semente.

O ÚLTIMO OBJETO

Bateram à porta. O homem foi abrir, era a Morte. Olá, como vai?, disse confundido por aquela presença. E logo, percebendo o ridículo da pergunta, estava mesmo lhe esperando, acrescentou. Não hoje exatamente, seguiu falando como se não ousasse entrar em área de silêncio, mas por aí, a qualquer momento, estava mesmo chegando a hora.

A outra escutava paciente, acostumada a qualquer tipo de reação. E o homem lhe disse que havia tomado as devidas providências, estava tudo pronto, os papéis em ordem, seus bens distribuídos. Faltava um último detalhe.

E o que seria? perguntou ela.

O terno. Mandei o terno para o tintureiro, e ainda não me devolveram.

Fosse você, esquecia o terno. Lá é tudo muito informal.

Não era no lá que ele estava pensando, explicou o homem. Preocupava-se com a viagem, com sua aparência na hora da partida. Fora sempre um homem bem apessoado, bem trajado. Qualquer coisa menos de um terno, para sua última apresentação pública, lhe parecia degradante. Queria morrer como vivera.

E o terno, garantiu, não demora. Talvez só o tempo de passar um café.

Foi mais que o tempo de passar um café, mas ela não parecia estar com pressa. Ou talvez estivesse, com um conceito de tempo todo pessoal.

Por fim a campainha tocou, o terno foi entregue. O homem rasgou o saco plástico, tirou a roupa que usava, e começou a se vestir. Camisa branca primeiro, escolha da gravata, gravata passada por baixo do colarinho, laço bem dado. Hora das calças. Uma perna enfiada com cuidado para não desmanchar o vinco, a outra. Porém, eis que chegando à cintura as calças não fechavam. Por poucos centímetros, as duas pontas do cós não se encontravam.

Olhou constrangido para ela, que continuava sentada. Há muito não usava o terno, explicou, faltavam-lhe ocasiões. Dera uma engordada. Não havia contado com isso.

Talvez ela estivesse sorrindo entre dentes.

Era pouca coisa, disse ele, coisa de nada. E ofereceu uma solução: encomendaria o caixão – caixão é imprescindível, enfatizou – e enquanto ele não chegasse, coisa rápida, porque nessas situações não dá para esperar, ele ficaria de boca fechada, só água, e trataria de emagrecer. Talvez demorasse só um tantinho mais, acrescentou.

É provável que ela não estivesse mesmo com pressa, porque concordou.

O homem começou a se despir. Desfez a gravata, desabotoou a camisa e a passou para o cabide de arame em que havia vindo o terno. Hesitou um instante, com o cabide numa mão enquanto segurava o cós das calças com a outra. Ela olhava, já de pé.

Por favor, pediu o homem, será que ela podia ser tão gentil e pendurar a camisa no armário, enquanto ele tirava as calças para telefonar logo aos do caixão?

Foi ela se voltar para o armário aberto, com a camisa na mão, que ele, rápido, a empurrou para dentro, trancando a porta. A camisa ficou caída do lado de fora.

Agora era ele quem sorria.

Mas era homem de palavra e, depois de vestir bermuda e camiseta, telefonou encomendando o caixão. Escolheu um dos mais caros. Queria um cintilar escuro de madeira, algum dourado nas ferragens, e peso, solidez. Nada de mesquinharia numa hora dessas.

Abriu uma cerveja enquanto esperava. No armário, ela se mantinha quieta.

Quando o caixão chegou – sim um tanto de demora houve, mas nada excessivo – orgulhou-se da escolha. Era belo e consistente. Lamentou quase que não tivesse utilidade, pelo menos não imediata. E não querendo atravancar a casa, o empurrou para debaixo da cama.

Alguma excitação permanecia, porém, com aquelas duas presenças ocultas. Não havia como negar. Tentou afastá-las do pensamento, mas resultou impossível. Então pensou que boa solução seria ir deitar-se mais cedo aquela noite. Tão logo começou a escurecer, meteu-se na cama.

Se teve pesadelos, tratou de esquecê-los antes mesmo de abrir os olhos.

Um belo dia de sol, silêncio na casa. Virou a cabeça no travesseiro, olhou para o armário. Nem sinal de vida, murmurou, rindo amargo da frase. E antes mesmo de levantar-se da cama debruçou-se de ponta-cabeça, suspendeu a beirada do lençol. Lá estava ele, seu belo caixão lustroso.

Nada como um bom cheiro de café pare restabelecer a normalidade, disse para si mesmo enquanto trafegava de chinelos na cozinha. E o seu dia começou.

Entretanto, por mais que o quisesse igual a todos os outros, igual não era. Sentia-se mais lento, o sangue pulsava pesado, faltava-lhe apetite, sobrava-lhe tensão. Havia nele uma excitação, como de criança que ganhou brinquedo novo na véspera. Seu brinquedo estava debaixo da cama.

Afinal, à tarde, entregou-se.

Custou a puxar o caixão para fora. A posição era péssima e, conforme a sua escolha, o caixão era pesado. O homem suou, bufou, pensou que estava ficando velho – ela gostaria desse pensamento – mas conseguiu arrastá-lo para o meio do quarto. Sentou-se nele para descansar, arrependeu-se de ter sentado, catou as calças do pijama em cima da cama, esfregou-as no tampo para tirar a marca das suas nádegas suadas, dar um brilho.

E começou a conviver com seu próprio caixão.

Era quase prazeroso. Ali estava, inegável, seu último objeto. Mais rico e digno do que havia sido sua vida, mais imponente. Sentia-lhe respeito e admiração.

Com o passar dos dias, arrastou-o para a sala, e subsequentemente conseguiu, embora com grande esforço, colocá-lo sobre a mesa. Que belo lhe pareceu! O vizinhos ficariam extasiados, pensou, o velório seria um só fervilhar de comentários sobre suas posses. Embora ausente, ele ganharia outra dimensão.

E de repente, uma tarde, depois de ter comprado os castiçais dourados e tê-los posicionado aos quatro cantos, com seus belos círios, pareceu-lhe irresistível deitar-se nele. O cetim branco, acolchoado, o chamava.

Não querendo sujá-lo, forrou-o com um lençol. E erguendo-se cuidadosamente até sua altura com o apoio de uma cadeira, deitou-se naquela caixa acolhedora como um útero. Desejou fechar a tampa, recolher-se secreto na escuridão. Não ousou. Fechar os olhos pareceu-lhe o bastante.

Repetiu a experiência no dia seguinte. Familiarizava--se. Houve uma noite em que dormiu ali. No sono, chegou a cruzar os braços sobre o peito. Acordou fresco como um menino.

E logo o lençol pareceu-lhe um impedimento, algo intrometendo-se entre ele e seu justo destino. Tirou-o lançando-o no cesto da roupa suja. Mas deitar-se de camiseta e bermuda naquele cetim imaculado não podia. Tomou banho. Vestiu cueca limpa. Lentamente tirou a camisa branca do cabide, enfiou um braço, depois o outro, passou os botões um a um, ritualmente, pelas casas. Passou o gravata debaixo do colarinho, deu o nó, cuidou que estivesse bem no centro, alisou a gravata com a mão. O coração fez-se presente sob a palma. E, com cuidado para não desfazer o vinco, vestiu a calça. O cós fechou com folga. Havia emagrecido. Passou o cinto. Vestiu o paletó. E já ia deitar-se, quando sentiu-se subjugar pela força de uma ausência.

De nada adiantaria deitar-se todo vestido, no cenário arrumado, sem a presença principal.

Então calçou meias e sapatos, amarrou cuidadosamente o cadarço, e, sem pressa, foi abrir a porta do armário.

DE TANTO FORÇAR

Os miniaturistas persas acabavam cegos, de tanto forçar a vista para pintar minúsculas coisas.

Cego ficou o guardião do farol, de tanto forçar a vista para abranger num só olhar todo o mar ao redor.

UM CANTAR QUE CHEGA

Fachada clara ao sol. Uma janela se abre no alto. É a formiga que traz pesado tapete, o deita sobre o peitoril e, diligente, bate sua poeira. Depois será a vez de colchas. As patinhas escuras serão vistas ainda naquele dia, colocando roupas para secar, sacudindo panos de pó, recolhendo as roupas.

Na calçada, debaixo da janela, a cigarra canta.

Fez-se inverno. Há tempos a cigarra morreu. Bem alimentada, protegida debaixo do edredom limpíssimo, a formiga lembra aquele canto que lhe chegava. E um vazio a atravessa, um frio, fazendo-a desejar que não tarde o verão a trazer-lhe outro canto.

HISTÓRIA 4

Nenhum lamento mais ecoava na sala de altíssimo teto. Emendando as roupas dos filhos, Ugolino, o conde, confeccionou com elas uma corda, prendeu a extremidade na coluna central da bífora. E evadiu-se da torre.

Avaliou a hora por sua sombra alongada no calçamento. A tarde ia avançada. Como ele, Cronos devorava seus filhos.

NÃO ESSA

Encontrou sua outra metade. E teve que renunciar a ela. Era a parte da cintura para cima, o que lhe impediria usar sua própria cabeça.

FIM DA ESTAÇÃO

Cansado de perder suas folhas, o camaleão saiu de cima do outono.

HERANÇA

Ela morreu jovem, deixando um tempo abundante sem uso. Era tempo feminino, não servia para o viúvo. E a irmã mais velha ficou com ele.

Mas sendo de outro tamanho ia-lhe apertado, a deixava cheia de bolhas, e acabou doando as sobras ao orfanato das freiras. Dividido entre todas as meninas, foi pulverizado em uma única refeição, entre gole e garfada, dele não sobrando nem um segundo.

OU:

Primeiro dia do ano. A libélula que sobrevoa a grande poça em busca de insetos excede-se no rasante e cai na água. Teria se afogado se o passante, que a data torna mais generoso, não se abaixasse para pescá-la com a ajuda de um graveto.

Seca-se a libélula à beira da poça, expondo as asas ao sol. Mas não lhe basta o tempo para retomar o voo. É devorada por um lagarto.

Varias hipóteses se abrem a partir deste fato:

aquele dia, primeiro para todos, estava marcado para ser o último da libélula. O passante foi posto ali apenas para duplicar o momento da partida, dando à libélula uma derradeira ilusão de sobrevivência.

Ou:

o passante foi posto ali para garantir o alimento do lagarto.

Ou:

o lagarto foi posto ali para remediar a indevida interferência do passante.

Ou:

a libélula foi posta ali para permitir ao passante realizar sua primeira boa ação do ano, abrindo caminho para que outras semelhantes se seguissem. Ou para permitir ao passante satisfazer plenamente seu anseio de generosidade, que ao longo do ano não voltaria a se manifestar.

TUDO É APRENDIZADO

Havia adestrado tão bem seu bumerangue, que já não precisava atirá-lo. Bastava dar-lhe a ordem, para que partisse, atingisse o alvo, e voltasse a aninhar-se na sua mão. Breve, lhe ensinaria a cantar.

UM DETALHE

Tão pequena a vela no horizonte, recorte branco no azul. Longa navegação a trouxe até o porto. Mas ao chegar para atracar mantinha o mesmo tamanho que havia tido ao longe, mínimo recorte branco sobre a água, detalhe flutuante esquecido pelas leis da perspectiva.

OUTRO MODELO

Cansado de si mesmo, tatuou sobre o seu um corpo mais baixo, mais magro, mais jovem. E de mulher.

UMA FRASE, SÓ

Leu num livro, casualmente: "Eu estou também me acostumando a considerar todo ato sexual como acontecendo entre quatro indivíduos". Era Freud, em carta ao seu amigo Fliess, referindo-se à teoria da androginia.

Aquela noite, fazendo amor com a mulher – e em muitas noites a seguir – incomodou-o a presença de tantos. Se antes não os percebia, agora era-lhe quase impossível suportá-los. Por fim, tomou a econômica solução. Desfez-se dos outros três que lhe ocupavam os lençóis, e dedicou-se a amar somente a parte feminina de si mesmo.

NEM TANTO AO MAR, NEM

Sempre acreditara ter nascido feio, embora nas fotos dos seus primeiros dias não parecesse nem feio nem bonito, um bebê apenas, como os demais. Com o passar do tempo, entretanto, o espelho lhe entregou uma imagem que considerou mais honesta do que qualquer fotografia. Era a imagem de um rosto sem harmonia ou elegância, troncho como se feito às pressas e deixado sem acabamento.

"Que feios são os humanos!", passou a repetir para si mesmo como forma de incluir-se na espécie, enquanto olhava as pessoas nas ruas e nas aglomerações, à procura de um defeito ou de uma desproporção que o reassegurasse.

A todos os que chegavam ao seu alcance encarava, olhos adentrando fundo nos olhos alheios, antecipando-se à expressão de desagrado com que esperava ser recebido.

Muitos acharam inconveniente essa quase invasão, e passaram a evitar novos encontros. Houve outros, porém, e não poucos, que interpretaram aquele olhar entregue sem defesa como a mais pura demonstração de sinceridade. Esses quiseram encontrá-lo novamente, e o fizeram amigo, considerando rara a sua sinceridade. Nunca o consideraram tão feio como ele acreditava. E só mais tarde perceberam que não era tão sincero.

OUTRA LEI

Filho de contorcionistas, criado no circo desde menino em desafio às leis da maleabilidade, só vivenciou outra realidade em sua primeira noite de amor quando, amoldando o corpo da amada ao seu próprio, partiu-o em dois.

HISTÓRIA 5

Fato apoiado em 4 pontos.

• Os aqueus constroem um cavalo belo e nobre, em tudo igual ao seu modelo vivo, salvo pelo gigantismo.

• Guerreiros armados embarcam no ventre de madeira.

• Mais que os gritos, o sangue escorrendo pelas comissuras diz aos aqueus que os guerreiros foram aniquilados pelo processo digestivo.

• Os aqueus constroem um segundo cavalo decididamente estilizado, oco, e o deixam, à noite, diante das portas de Troia.

A AUSÊNCIA

Carpideira, não perdia um enterro. Só no principal esteve ausente, o seu, que não carpiu.

UMA ÚNICA COISA

Longo havia sido o aprendizado. Agora, vestido o traje ritual, podia considerar-se um arqueiro. Sentiu a madeira do arco fazer-se viva em sua mão esquerda como se nunca tivesse sido cortada da árvore que lhe dera origem. Sentiu vibrar entre os dedos da mão direita a corda de crina de cavalo como se ainda entregue ao vento. Ele, o arco, e o alvo eram uma única coisa. Esperou que a respiração lhe dissesse o momento preciso. Seus dedos se abriram, seu desejo lançou-se para a frente levado pela flecha, seu olhar teve ponta de aço. E a ponta cravou-se, precisa, no centro do alvo distante.

No peito do arqueiro escorre o filete de sangue.

DIGITIGRADO

Sem saber que o mecanismo de retração das garras estava com defeito, o tigre se coçou atrás da orelha.

TIRAR O PESO

Chegando à maturidade quis levar uma vida mais simples, tirar dos ombros o peso dos seus tantos desejos. Empenhou-se com afinco. Mas, passado algum tempo, os parcos resultados lhe disseram que seu novo desejo era, entre tantos, o mais difícil de atender.

SÉTIMA HISTÓRIA DE INSÔNIA

O lobo vestiu a velha pele de cordeiro que tantos serviços já lhe havia prestado. E na escuridão do quarto conteve a fome, enquanto esperava a convocação que lhe permitiria aproximar-se da cabeceira da cama.

É VOCÊ?

É você? pergunta a mulher em voz alta ao ouvir o marido entrando em casa.

Mas ele, que há anos se procura, não tem hoje resposta segura para lhe dar. Sai devagar, fecha a porta com cuidado. Voltará de madrugada, quando ela, dormindo, não o confrontar com a pergunta.

SÓ ASSIM

Ouviu do sábio que o importante era "sair da estrada principal para descobrir terrenos baldios, mata, pântanos". Lutou então para alcançar a estrada principal, pois só abandonando-a poderia afinal descobrir aquele mesmo pântano onde sempre havia vivido.

A ESTRANHA

Esboço para roteiro de HQ

– a Peste – vista de costas —, se aproxima das primeiras casas, povoado ao longe

– Peste – outro ângulo – adentra povoado

– cascos de cavalo sobre chão pedregoso

– sem apear, Peste dá de beber a cavalo na fonte da praça

– mão entreabre veneziana

– velha espia pela fresta

– cabeça do cavalo que bebe

– uma criança foge

– mulher a um canto, cabeça baixa, olha desconfiada

– Peste, indiferente

– calcanhares de Peste dando sinal de partida a cavalo

– homem sai de vão de porta

– cavalo se move a passo

– homem se abaixa

– mão do homem cata pedra

– mão atira pedra – vários quadros

– olhos de mulher muito abertos – tensão

– pedra atinge Peste

– Peste cai

– portas e janelas se abrem

– habitantes acorrem

– excitados, habitantes rodeiam a estranha

– mão de Peste caída

– mão de Peste em movimento

– Peste se ergue sobre um cotovelo

– sequência de rostos de habitantes – espanto/surpresa, ela está viva!

– habitantes recuam abrindo o círculo

– Peste sentada

– queixo junto ao peito, olhar malévolo de Peste

– cavalo dá arrancada para frente

– cavalo se vai, crina ao vento

– visão aérea de praça, Peste ao centro, habitantes ao redor, um só deles fugindo.

ACIMA DO FUNDO LODOSO

Como um gondoleiro, cravava a longa estaca no fundo lodoso da vida, empurrando para avançar. Mas seus pés pousados sobre a água deslocavam-se muito lentamente, e estavam longe de protegê-lo como o teria feito uma gôndola.

HISTÓRIA 6

Ao longo dos anos todos que durou a grande fome, quando não se abateu gado e deixou de haver couro, os equinos, que até então andavam calçados, desenvolveram nos pés uma pele espessa e dura. Chamada casco, através de complexos movimentos genéticos foi transmitida à descendência.

EM BUSCA

Era um homem em busca da verdade. No desfiladeiro do eco se manteve calado, o reflexo da sua própria voz não lhe bastava, queria a voz da montanha. E o silêncio teria se prolongado interminável se a montanha, apiedada, não emitisse o único som de que era capaz, soterrando o homem sob a avalanche de pedras.

COMO UMA ORDEM

No exato centro do específico salão daquele único palácio, qualquer frase pronunciada em voz baixa era repetida setecentas vezes por ecos cada vez mais audíveis.

– Nada – murmurou o homem.

E a palavra repercutiu crescente, até ocupar todo o espaço entre as paredes, preencher o imenso ventre da cúpula, forçar entranhando-se na pedra. Que, premida pelas ondas sonoras, lentamente se desfez e ruiu numa nuvem de poeira, entregando-se ao nada.

DEBAIXO DA ABA

Tirou o chapéu para cumprimentar aquela dama. E a cabeça foi junto.

APESAR DE

Talento e treino haviam feito dela a atração principal do Grand Cirque de Pulgas. Morreu intempestivamente, confundida com outra qualquer e esmagada entre unhas.

NÃO ELE

Homens comiam de pé junto ao balcão. E ele os olhava como se nunca antes tivesse visto homens comendo.

Moviam-se os queixos ferozes e duros, para cima para baixo para os lados, as mós dos dentes triturando rangendo amassando, as bocas ativas, comissuras úmidas, lábios torcidos como lesmas, e os tendões do pescoço cordas grossas. Bocada trás bocada, ávidos.

Porcos no cocho! exclamou enojado seu pensamento. E por instante viu-se entre eles, similar. Não! decidiu. Nunca mais o seria. Gravada na memória a cena degradante, haveria de comer sem brilho de gula no olhar, sem fúria, controlando lábios e queixo, e aprenderia, sim, aprenderia a mover somente, com lenta precisão, a arcada superior.

ADVERTÊNCIA SOBRE FUNDO AMARELO

Ia de bicicleta pela estrada, levaria tempo para chegar aonde pretendia. Antes disso, uma estrada de ferro cortou seu caminho. No entroncamento, a advertência sobre fundo amarelo: PARE OLHE ESCUTE

Parou. Olhou ao redor e um pouco mais além. Escutou aquilo que lhe pareceu silêncio.

Nada lhe disse para seguir em frente. Apeou da bicicleta, sentou-se para melhor cumprir o que o cartaz lhe exigia.

Olhou demoradamente seus pés empoeirados, a grama seca que seus pés amassavam. Só os trilhos não precisavam de chuva, brilhantes como rastro de caracol ou serpente de pele nova, oprimindo com sua rígida força os dormentes. Os trilhos, e também os dois jambeiros luzidios que do outro lado da linha tingiam de maravilha sua própria sombra. Olhou adiante, varou aos poucos cercas e campos, viu gado no pasto, viu uma ou outra casa e depois a ausência de casas, viu um morro e uma planície, viu o verde esmaecer até chegar ao azulado da distância onde os montes trancavam o horizonte, ou apenas lhe davam um acabamento ondulado. Fechou e abriu as pálpebras muitas vezes, olhar fundo cansava os olhos.

Depois escutou a enorme quantidade de sons que se escondiam no silêncio. Procurou identificar um a um.

Fez-se tarde. Um cão latiu, outros responderam ao longe. O homem levantou-se. Nenhum trem havia passado, talvez não passassem mais trens naquela linha. Ele havia ido mais longe do que pretendia. Subiu na bicicleta. E pedalou de volta para casa.

SÓ ELA SABE

Grávida de numerosos gêmeos a uma vez, só ela sabe que os filhos tantos dos muitos homens com que se deitou ao longo da vida decidiram nascer todos ao mesmo tempo.

OITAVA HISTÓRIA DE INSÔNIA

O sinal acendeu-se no redil. Atendendo ao chamado, o carneiro calçou as botas, alcançou o chicotinho e, já em sela, esporeou o cavalo rumo à pista de salto.

COMO PREVISTO

Um homem sonhou que era uma espiga e que o vento, batendo, deitava sobre a terra seus grãos.

Acordou e disse à mulher – Felizes somos, porque teremos muitos filhos que povoarão a terra.

Nos anos seguintes tiveram muito filhos e os criaram. E quando estavam criados, a guerra os chamou e uma rajada os deitou sobre a terra.

DIANTE DELE

A vida diante dele havia sido suspensa. Tremera a noite toda. Antes de começar a tremer com a luz do dia, colocou-se, ele também, em suspensão.

AQUECIMENTO GLOBAL

Na força da tempestade, despetalou-se inteira a Rosa dos Ventos.

ALÉM, MUITO ALÉM!

Ah! as intermináveis calmarias naquelas águas tão longamente imóveis e sem ventos. Velas frouxas como mortalhas. Escorbuto e tédio. E, no entanto, um dia haveriam de chegar. Só a existência de portos justifica os navios.

Ao sol no tombadilho de comando, o capitão faz suas medições, confere o horizonte latejante de luz. É redonda, comprova mais uma vez em silêncio. E embora olhando o mar refere-se à Terra.

A mulher pega o copo de água do mar, esquecido há quem sabe quanto tempo atrás da porta, com fins de mandinga. Vê a poeira na superfície. Através da janela aberta, lança o conteúdo no quintal.

Na onda gigantesca em que todo o mar parece ter-se transformado, o comandante agarra-se inutilmente à roda do leme. Mais aterradora que a água, fulmina-o a certeza de que não, a Terra não é redonda, e ele está despencando com seu navio, despencando em cascata, além das Colunas de Hércules.

DE FATO

Mulher minha não trabalha na rua!, gaba-se no trabalho e no botequim o marido ciumento.

De fato, só em casa, à tarde, a mulher obediente recebe homens.

O ESTOJO DE UM SEGREDO

A mulher chega sozinha à cidade estranha, depois de longa viagem. Hotel. Ficha. A chave que ela continua chamando chave mas é cartão. O quarto, diferente e ainda assim igual a tantos outros quartos de tantos outros hotéis. É amiga do silêncio, não liga a televisão. Senta-se na cama, confere o relógio. Dispõe de algum tempo até o compromisso que a trouxe. Deita-se. Sente nojo daquela colcha coletiva, sempre sente. Levanta-se, vai à janela.

Prédios altos, prédios baixos, sobrados. Igual a tantas cidades brasileiras, em trânsito entre passado e presente, como um álbum de fotografias que abriga várias épocas numa mesma página. O peitoril da janela ainda morno de sol, o olhar dela buscando entre janelas e telhados uma razão para olhar. Abaixo, nas ruas, um comércio sem luxo, feito de passos e de pequenos gastos.

O olhar dela desliza entediado e lento de uma a outra construção, de uma a outra mesmice. E deslizando para em um terraço.

Não é exatamente um terraço. Topo de um prédio de seis andares, já quase antigo, maltratado, de muitas janelas pequenas, de muitos pequenos apartamentos. De muitas pequenas vidas, pensa ela ainda, e se penitencia pelo pensamento porque não conhece a vida daquela gente, e a vida, pensa ainda, qualquer vida, a dela também, é sempre miúda, bem miúda, sendo grande ao mesmo tempo.

O terraço, que ela qualifica assim embora seja pouco

mais que uma laje, tem muretas altas ao redor e piso em lajotas de cimento. Vê-se um tanque de lavar roupa a um canto, debaixo de um telhadinho de amianto, e um pedaço de parede com uma porta, certamente o acesso para alguma escada. Tudo cinza, tingido mais pelo abandono do que por escolha.

E enquanto ela olha desalentada, emerge daquele cinza – oculto que estava ao olhar pela mureta – um longo pescoço branco, emplumado e ondulante. Um cisne, ela pensa, tocada de emoção. Mas a cabeça que encima aquele pescoço se volta e ela vê, não é um cisne, é um ganso. Um ganso sozinho no alto de um terraço no topo de um prédio no meio de uma cidade e de uma tarde.

Como uma mancha de leite, a presença do ganso clareia todo o terraço. Aquilo que era sujo, escuro e abandonado, aquilo que não era nada senão um inútil espaço urbano tornou-se o estojo de um segredo. Nenhuma das pessoas que entram e saem das lojas, que sobem e descem dos ônibus, que vão pelas calçadas carregando suas sacolas e mochilas, sabe que no topo de um prédio um quase cisne move o pescoço com elegância e, em curva, traz a cabeça para afofar as penas com o bico. Ninguém desconfia que no alto, para onde não se volta o olhar, uma bela ave branca alonga asas abrindo-as como um leque.

A mulher está vários andares acima do ganso, distante, ele não ouviria se o chamasse. E como se chamam gansos quando não se tem comida para oferecer, só afeto? O ganso anda, se move com a majestosa deselegância dos grandes palmípedes, o corpo ondulando pesado sobre patas que não foram feitas para o chão. E ela se comove com aquela aparente falta de jeito. Tão belo e tão só e sem função, largado ali ou ali posto como um prisioneiro. Na certa, alguém vem todo dia trazer-lhe ração, encher cuia com água, alguém que ele conhece, morador de um dos tantos apartamentos, dono quase indiferente do ganso e de uma das janelas, alguém que depois, nas horas todas a seguir, nem pensa mais na branca ave solitária.

A solidão do ganso se faz sua.

E eis que, inesperada, uma ponta branca surge a um canto, saindo de trás da mureta. Uma ponta, e logo outra a seu lado, mais baixa. Movem-se juntas aquelas manchas claras que ainda não dizem o que são. Param, tornam a se mover, e avançando para o centro do terraço se revelam, orelhas primeiro, corpo depois. É um coelho. O ganso não está só.

Pula o coelho sobre o cimento escuro, pequenos saltos idênticos como se medidos, que as orelhas acompanham dobrando-se em elasticidade de mola. O que parecia melancólico tornou-se alegre, dois companheiros desemparelhados transformam o topo de um prédio em uma fazendola. Talvez não seja tão indiferente seu dono.

Agora, à janela, a mulher sorri, contente por ter sido ludibriada, como se tivesse feito parte de um jogo. Pensa que talvez, à noite, debaixo daquele telhadinho, ganso e coelho se embolam juntos para dormir, partilhando o calor de pelo e pena como se fossem de uma mesma ninhada. Duas criaturas diferentes atiradas pela vida na convivência. De que modo se falam?, pergunta-se ela. No cimento cinzento, o coelho avança com seus discretos saltos em direção ao ganso. O outro mal vira a cabeça. Mas é certo que ouve o ruído familiar das pequenas unhas sobre o piso. É que o cheiro do coelho lhe chega.

O peitoril da janela fez-se frio. O tempo de que a mulher dispunha foi gasto. Ela desejaria continuar ali, tornar-se imaginariamente parte dos modos e do viver daquela inusitada família, embolar-se com eles à noite debaixo do telhadinho cinzento, ser mais uma de outra espécie, e ainda assim irmanada. Sabe, porém, que dormirá sozinha na cama estranha. Fecha a janela e sai do quarto. Duas manchas brancas lhe fazem companhia enquanto caminha no corredor escuro rumo ao elevador.

PEQUENA DELICADEZA

Viviam um pequeno e delicado amor. E porque estavam ambos em busca da grande paixão, não o reconheceram, e o deixaram ir. Mais tarde, sequer lamentaram sua perda. Nem valia a pena conservar na memória aquilo que haviam transformado em nada.

POR ANTONELLO DA MESSINA

Jerônimo, o Santo, passou a mão sobre os olhos cansados, recostou-se na cadeira. Era hora de dar de comer aos animais, a tigela dourada diante do pavão estava vazia, a perdiz também estaria com fome. A revisão da antiga versão latina do Novo Testamento teria que esperar. Desceu os três degraus do estrado sobre o qual estivera trabalhando, viu que o leão se aproximava pelo corredor. Providenciaria primeiro os grãos para as aves, depois a carne crua para ele. Sabia bem que seus animais eram tão somente símbolos, mas os símbolos – sorriu amoroso o sábio – também precisam ser alimentados.

SEM SILÊNCIO POSSÍVEL

Grilos na cabeça, e um trigal no coração.

Pensou que se os grilos vissem o puro ouro ondear, desceriam para abrigar entre as espigas seus longos saltos. E ele acolheria o silêncio.

Mas lacrados no crânio, os grilos não encontravam passagem. Só o pensamento transitava, nem sempre obedecendo ao seu desejo.

E foi em plena desobediência que, antes do fim do verão, o pensamento trouxe o trigal para a cabeça. Os grilos cantaram então enlouquecidos.

NONA HISTÓRIA DE INSÔNIA

A ovelha mais velha do rebanho vestiu sua gasta pele de lobo, e foi uivar a um canto na insônia do homem. Já não lhe restavam forças para saltar cerca.

ENTRE TRÂNSITO

Centro de cidade. Entre os carros retidos no engarrafamento, o camelô sopra bolhas de sabão tirando o líquido do vidro que está vendendo. Em algum lugar um sinal se abre, os carros começam a se mover lentamente. Levada pelo ar quente dos escapamentos, uma bolha paira, se lança adiante, e estilhaça o para-brisa de um carro que acelera.

TERIAM SIDO

Ela partiu do Sul, rumo ao Norte. Ele viajou do Norte, rumo ao Sul. Os dois teriam sido felizes juntos e teriam acreditado que haviam sido feitos um para o outro, se apenas tivessem se encontrado. Mas eram trens diferentes, e quando seus vagões se cruzaram em algum ponto do percurso, nenhum dos dois estava olhando pela janela.

PORQUE HOMEM

Como um cão, se coçava com o pé atrás da orelha, caçava pulgas com os dentes, guardava a porta. Nem assim conseguia ser o melhor amigo de si mesmo.

É

No corredor da instituição, o cartaz com a advertência: "RUÍDOS – Proibido escutar".

DESTA VEZ

Já tantas noites havia sonhado com essa cidade. A sua cidade. Ou tão semelhante à sua, que poderia sê-lo. Uma cidade onde ela caminhava tentando encontrar coisas anteriormente conhecidas e encontrava outras, não iguais àquelas mas, sim, iguais, como se. Grandes edificações antigas, majestosas arcadas, termas em ruínas, interiores intermináveis, e as estátuas enormes cor de terra, de tijolo, a mesma cor gasta e quente das fachadas e portais.

Sempre, quando ela mergulhada em encantamento e reencontro se assegurava de que aquela era, sim, a sua cidade, gastava-se o sono e num empalidecer era levada de volta.

Desta vez porém – decidiu ao desembocar na praça redonda que antecedia, com certeza antecedia sua antiga casa – não voltaria. Segurou com as mãos as pálpebras abertas sobre a cidade, manteve seladas com as mãos as pálpebras fechadas sobre o sono. Não, desta vez, não.

A SIMPATIA

O peito chiava, quase um miado. Asma, decretaram os parentes. E recomendaram a simpatia: um curió engaiolado, no quarto de dormir.

Noite alta, escuridão, um súbito estremecer no ar, bater de asas. De manhã, mais encorpado é o miado do peito, mas na gaiola de portinhola aberta, só uma casca de alpiste boiando na tigelinha de água lembra a presença do curió.

PÁLIDO E NU

Não era um homem valente. Diante dos outros homens considerava-se sempre o mais fraco, e nunca havia encontrado nenhum, que se sentisse capaz de vencer.

Já, com as mulheres, sentia-se capaz de vencer todas. E muitas havia vencido, jamais com a força.

Estava justamente ganhando mais uma batalha no branco campo dos lençóis, quando uma chave girou na fechadura, a porta da casa foi aberta e fechada. Era o marido que chegava.

Rápida, a mulher mandou que o homem se escondesse no armário.

Na escuridão abafada que cheirava a perfume e suor guardado, o homem apoiou-se com as costas na madeira e deslizou, sentando-se no fundo. Encolheu as pernas, retraiu o pescoço, todo seu corpo comprimido pelo medo. Ouviu os passos do outro, as altercações. Abaixou a cabeça forçando a testa entre os joelhos, encolheu-se retendo a respiração, abraçando-se, esforçando-se para murchar, sumir. Os passos se aproximaram. A porta foi escancarada como represa que rebenta, a luz irrompeu no armário.

Vasculhando entre as roupas pendentes da mulher, o marido sequer reparou naquele estranho bibelô ao fundo, minúsculo homem encolhido sobre si mesmo, pálido e nu como um Buda de marfim.

O DIA DO

Um publicitário inventivo criou o Dia do Nada. As celebrações foram tudo!

CLARO ESCURO

Porque amava aquela mulher, mandou construir palácio na medida do seu amor. Exigiu que o lado direito do grande salão fosse todo vazado por janelas, e janelas vazassem igualmente o lado esquerdo. O sol entrava por um lado ao amanhecer e pelo outro vinha ao se deitar, deixando a mulher sempre lavada em luz.

Embora tantas janelas, porém, a noite entrava somente por uma porta. A porta estreita, ao fundo, que dava para o quarto.

O PIANISTA CEGO

Não enxergava as teclas. Via os sons.

DIA CHEGARIA

Hora de alimentar as serpentes que habitavam sua cabeça. Concentrou o pensamento em pequenas criaturas vivas, rã, passarinho. Um gosto de sangue chegou-lhe à boca, e o mover-se do novelo sibilante, que apenas intuía, aquietou-se. Sua segurança estava garantida por mais algum tempo. Dia chegaria, entretanto, em que suas inquilinas haveriam de por ovos.

PENSARAM QUE

Eram divididos – ele meio homem e meio mulher, ela meio mulher e meio homem. Pensaram que cruzando suas quatro metades na formação de um casal alcançariam alguma coisa próxima da harmonia. Não foi possível. Uma meia parte da mulher hostilizava todas as outras.

UM PERCURSO

Nasceu morto, e morto viveu até os 70 anos, quando uma lápide de pedra com datas e palavras elogiosas foi fincada na terra, permitindo a todos esquecer o que sequer havia acontecido.

TARDE DEMAIS

Vasculhou o ouvido longamente. Com delicadeza, a princípio, com ânsia depois. Inútil tentativa. A palavra, que como um inseto havia picado a fina pele interior, era agora inalcançável.

TÃO SOMENTE

Iam à festa, calçados de cetim e de camurça, pernas metidas nas meias finas. Riam breves no percurso, antevivendo a alegria que os aguardava.

O rato ia tão somente em busca de comida. Passou diante deles, hirsuto, escuro como os lugares de onde vinha, cano, porão, esgoto. E veloz, porque sempre acossado por medo alheio.

Nada fez que os ameaçasse. Ainda assim, sentiram-se contaminados, e mesmo depois dele ter desaparecido caminharam cuidadosos como se pisassem em lama. Só tendo chegado à festa voltaram a rir.

LONGA PERGUNTA

Passou grande parte da vida perguntando-se qual seria seu destino. Antes de achar a resposta percebeu que o havia gasto.

MAIS QUE SALOMÃO

Em dúvida entre dois homens que a queriam, a mulher achou a solução salomônica. Seria de um nos dias pares. Seria do outro nos ímpares. E aos domingos continuaria solteira.

Justamente num domingo, conheceu o terceiro homem. Por quem abandonou os outros dois, e o seu dia semanal de solteirice.

OUTRA SOLUÇÃO

O elefante está velho. Mas a ideia de morrer sozinho no cemitério dos elefantes lhe repugna. Recolhe, pois, o seu currículo e vai entregá-lo no circo mais próximo.

VENTO EM POPA

Terminada a operação de carga, o navio ergue as velas majestoso, e navegando sobre os trilhos deixa lentamente a estação. Já quase chega ao horizonte, quando é alcançado pela tempestade. Trovões, rajadas de chuva e vento, a fúria dos elementos. Resiste o quanto pode, luta, empina, range. Mas, rasgadas as velas, por fim descarrila, tomba de lado, e à luz intermitente dos relâmpagos, afunda lentamente na pradaria.

POR ENQUANTO

Há uma mulher. Debruçada sobre o abismo, olha. Olha o fundo, longamente. Atendendo ao chamado, o abismo olha para a mulher. O fundo dela é turvo. O abismo se contrai como ostra tocada por limão. E se fecha. O diálogo entre os dois está encerrado.

PESCANDO NA MARGEM DO RIO

Era um homem muito velho, que cada manhã acordava certo de que aquela seria a última. E porque seria a última, pegava o caniço, a latinha de iscas, e ia pescar na beira do rio. As poucas pessoas que ainda se ocupavam dele reclamaram, a princípio. Que aquilo era perigoso, que ficava muito só, que poderia ter um mal súbito. Depois, considerando que um mal súbito seria solução para vários problemas, deixaram que fosse, e logo deixaram de reparar quando ia. O velho entrou, assim, na categoria dos ausentes.

Ausente para os outros, continuava docemente presente para si mesmo.

Ia ao rio com a alma fresca como a manhã. Demorava um pouco a chegar porque seus passos eram lentos, mas, não tendo pressa alguma, o caminho lhe era só prazer. Não havia nada ali que não conhecesse, as pedras, as poças, as árvores, e até o sapo que saltava na poça e as aves que cantavam nos galhos, tudo lhe era familiar. E embora a natureza não se curvasse para cumprimentá-lo, sabia-se bem-vindo.

O dia escorria mais lento que a água. Quando algum peixe tinha a delicadeza de morder o seu anzol, ele o limpava ali mesmo, cuidadoso, e o assava sobre um fogo de gravetos. Quando nenhuma presença esticava a linha do caniço, comia o pão que havia trazido, molhado no rio para não ferir as gengivas desguarnecidas.

À noite, em casa, ninguém lhe perguntava como havia sido o seu dia.

Fazia-se mais fraco, porém.

E chegou a manhã em que, debruçando-se sobre a água antes mesmo de prender a isca na barbela afiada, viu faiscar um brilho novo. Apertou as pálpebras para ver melhor, não era um peixe. Movido pela correnteza, um anzol bem maior do que o seu agitava-se, sem isca. Por mais que se esforçasse, não conseguiu ver a linha, enxergava cada vez menos. Nem havia qualquer pescador por perto.

O velho não descalçou as sandálias, as pedras da margem eram ásperas.

Entrou na água devagar, evitando escorregar. Não chegou a perceber o frio, o tempo das percepções havia acabado. Alongou-se na água, mordeu o anzol que havia vindo por ele, e deixou-se levar.

DÉCIMA HISTÓRIA DE INSÔNIA

– Você sabe por que te chamei? – pergunta o homem ao cordeiro.

– Sei – responde o cordeiro confiante –, para que eu pule a cerca e mate a tua insônia.

– Perdeu! – diz o homem – Para tirar tua pele e fazer um casaco, para tirar tua carne e fazer um churrasco. Não sem antes cortar tua garganta e oferecer-te a Deus.

O NÚMERO

Me disse que o número nefando circulava escondido no forro dos chapéus. Como você sabe? perguntei. Todos sabem, respondeu. Eu não sabia. Me disse ainda que ansiava por assinar o Pacto. Em vão tentei dissuadi-lo. Tempos depois arrancou o chapéu da cabeça de um senhor, fugiu com ele. Em casa, soltou o forro e costurado ao feltro com um fio de cabelo, encontrou o mínimo pedaço de pergaminho. Não era um número de telefone, como ingenuamente havia pensado. Era um número, apenas. E, sem qualquer instrução, jamais saberia como utilizá-lo.

PODER DE FÉ

Exausto após longa peregrinação, o santo homem arrasta as sandálias no deserto. Nenhum pão mais no bornal, nenhuma água no odre. E a boca sem saliva, como uma chaga seca. Implora, ainda assim, a generosidade do seu deus. Que lhe dê de beber. E o deus, apiedado por tanta fé, resolve atendê-lo.

O velho crava o cajado na areia. A Coca-Cola jorra.

MAIS QUE UM PENTEADO

Inquietas sempre, as serpentes na cabeça de Medusa tolhiam-lhe por vezes a clareza de pensamento. Só uma ameaça as acalmava: trança.

SEM QUE HOUVESSE OUTRO

A sabedoria – dissera-lhe aquele homem que parecia já tê-la encontrado – está no caminho do meio.

Mas a ele a vida não havia oferecido escolhas, nenhuma encruzilhada. Tudo era uma longa estrada sem curvas, igual. E por mais que olhasse, via apenas a própria sombra alongando-se à frente, sempre à frente.

O REGRESSO POSSÍVEL

Dificuldades econômicas tornaram necessária a dissolução do circo. Ao domador, seu dono, não restava escolha. Abriu as jaulas dos trapezistas, do palhaço, do mágico e deixou que procurassem sua liberdade. Os leões, o tigre e o velho elefante retomaram as profissões que tinham antes de ingressar na vida circense.

SERÁ PRECISO

Abre a porta, embora a interdição. Além dela, um cômodo amplo e vazio, não fosse por uma cadeira colocada debaixo da luz que jorra da claraboia.

Avança, senta-se.

Um súbito vento fecha o batente.

Agora, para sair, deverá esperar que alguém abra essa porta que é proibido abrir.

OUTRA HISTÓRIA DE INSÔNIA

A vantagem de ser a ovelha negra do rebanho: quando o homem insone convoca as outras para saltar cerca, ela pode ficar dormindo no redil.

A desvantagem de ser a ovelha negra do rebanho: quando o homem insone convoca as outras para saltar cerca e ela fica sozinha no redil, por ser mais rara torna-se iguaria gastronômica para o lobo.

O ANTIGO MÉTODO

Quente ainda a mulher depois do amor, cobriu-a o homem com espessa camada de cinzas. Como os antigos que escondiam a brasa à beira do campo, preservava a fonte do fogo para não ter que voltar a acendê-lo mais tarde.

UM SÓ LADO

Tinha grande dificuldade para comprar sapatos. Canhoto, só calçava pés esquerdos.

EM PELE DE

Aproxima-se o escurecer quando o cordeiro abre o armário, escolhe a mais hirsuta pele de lobo, veste-a, e sai.

Volta, noite alta. Sem que fosse necessário matar qualquer criatura – repugna-lhe o sangue – uivou alto para a lua e, afundando patas na neve rente às primeiras casas da aldeia, semeou medo e respeito.

PARA APAZIGUAR SEU CORAÇÃO

Em dúvida de identidade, uma mulher que ninguém queria e que não era nada olhou-se no espelho. E não tendo o espelho lhe devolvido qualquer imagem, tranquilizou-se.

EM ALGUM PONTO

Tinha os mapas. Não seria difícil encontrar o não lugar. Bastava evitar aqueles consignados nas cartas, e todos os outros, tão pequenos e insignificantes que sequer constavam delas. Em algum ponto, entre o que não existe e o que é, utopia o aguardava. Jogou a bússola ao mar, e fez-se ao largo.

POR UM FIO

"Ele está vindo." Não é com palavras, sujeito, verbo, predicado, que este pensamento a invade. É com a urgência lançada sob a pele. A tensão que, da nuca, domina cotovelos e pulsos. O mover-se mais ágil dos dedos. E com os sumos, os sumos que brotam na morna escuridão do corpo.

De algum lugar da cidade que ela não pode precisar, porque ao telefone ele não disse onde estava mas apenas "então vou para aí", o homem se desloca em sua direção.

Está a caminho. Aquele homem não alto que em uma rua cortada de sol, porque àquela hora qualquer rua estaria cortada de sol, havia levantado o braço à beira da calçada para reter o ônibus ou o táxi, aquele homem quase magro que acreditava com esse gesto decidir sua própria vinda, talhar o degrau que poria ao seu alcance o corpo dela, esse homem desloca-se em meio a tantos outros homens sem perfil ou rosto, único em foco no pensamento desejoso da mulher.

Engana-se porém o homem agora já sentado, sacudido ao ritmo irregular da condução que o leva palmos e palmos acima do asfalto sem que lhe caiba determinar o itinerário, dono apenas do momento em que tocará a campainha e fará parar o ônibus para descer. A viagem que ele vive como o conquistador vive a travessia, é apenas uma parte do percurso inevitável que começou bem antes do seu braço erguido, antes mesmo do leve curvar-se inconsciente e desnecessário com que aproximou o celular do ouvido como se aproxima a concha para ouvir som de mar, aconchegando a boca para murmurar, quase fossem palavras de amor, então vou para aí. O percurso começou bem antes, estando ela sentada uma noite à mesa do bar com as amigas e virando lentamente a cabeça.

E hoje ele vem. O tempo que lhe cabia para estar pronta quando ele chegasse, tempo que até o homem ligar era aberto e maleável, foi subitamente delimitado pelo telefonema. Desligado o celular, a areia começou a escorrer na ampulheta. Pôs-se em marcha o momento em que o predador temeroso hesitará frente à porta testando o hálito e enxugando nas calças a palma das mãos, antes de tocar a campainha. Os grãos estão contados. Nem um a mais rolará entre vidro.

Ela prepara-se. A pressa contida goteja combustível em seus gestos.

Banho. Livrar-se de toda poeira. A pele desperta, mais veloz que a carne. A cabeça debaixo da água fria. O pensamento que salta: a) da roupa a escolher, macia, decotada, tentadora; b) ao homem, ao rosto do homem, corpo do homem, canto da boca e curva do punho, detalhes de homem que se fundem e se destacam, homem desfeito e recomposto sem outra ordem que não aquela ditada pela gula, ideia fragmentada de homem, tão mais forte que o homem. Ela sai do chuveiro. Poça d'água no chão, que ela não se detêm a enxugar. Passar perfume no corpo ainda úmido, que entranhe, apagando todo cheiro anterior. Sobrepor ficção de flores ao claro apelo que sua pele exala.

Ela se pinta frente ao espelho. Os olhos escuros encontram seu reflexo. Ela se inclina para a frente, atraída. Os olhos que do espelho a encaram nada conseguem ver do tanto que está contido atrás dos olhos. A visão duplicada se concentra apenas em seu próprio foco. A lâmina escura do olhar tenta apunhalar o espelho que não cede. Assim, com esse mesmo olhar que agora testa, ela capturará os olhos do homem quando ele tiver a ingenuidade de encará-la. Assim tudo tinha começado.

Sentada aquela noite à mesa do bar ela sabia que não lhe bastariam as amigas. Não por elas havia deixado a segurança da sua casa para mover-se no escuro. Mas é no escuro que melhor se caça. E como se fosse uma casualidade, sem sequer interromper a conversa que a ligava às outras, ela havia virado a cabeça lentamente. Na rota do seu olhar, o pescoço do homem, aquela parte do pescoço que revela o maxilar e entrega a orelha, surgia indefeso de dentro do colarinho azul. Ali, picado pelos olhos dela antes mesmo de vê-los, o homem havia começado o trânsito que o levaria hoje até a sua casa. E o primeiro movimento havia sido o dos seus próprios olhos voltando-se em busca daqueles que lhe injetavam manso veneno.

Agora ela está pronta. O vestido leve, dançante. Os pés descalços. Alguém se aproxima no corredor, além da porta. Ela se agacha súbita. Os passos se afastam. Ainda não é ele. Ela se levanta, busca duas contas de ônix na caixa sobre a cômoda. Pensa que enquanto tomava banho, o homem cruzava bairros inteiros. Um homem suado, de camisa de sarja, atravessando bairros como se fossem túneis, sem nada olhar, sem nada querer ver, voltado apenas para a hora de chegar, quando, ele tem certeza disso, ela lhe sorrirá e juntos tirarão a roupa.

A mulher inclina a cabeça de lado, prende o brinco de ônix. A conta facetada brilha negra, sem transparência. Brilham os olhos dela enquanto prende o outro brinco. O cabelo molhado encharcou as costas do vestido, sente o tecido frio colado na pele. Ela não sua. Seus sumos têm outra razão. Olha o relógio. O homem estará quase chegando, há um tempo mais.

Ela já arrastou o sofá para o meio da sala, o encheu de almofadas. Vai até a porta, roda a chave, destranca sem abrir. Dirá, "entre", quando o homem tocar a campainha. Com voz doce, suavidade que só a gula mais funda imprime à garganta, dirá, "entre, está aberto". E ele obedecerá.

Agora sem pressa porque sabe que daqui para a frente o tempo lhe pertence, ela empurra a cadeira para junto da estante. Sobe na cadeira, alonga-se até alcançar uma prateleira mais alta na estante, firma um pé na prateleira inferior, levanta o outro. Seu corpo conhece o percurso. Ágil, leve, sobe até chegar ao alto. Sua teia feita de almofadas, perfume e olhar de ônix está estendida. No espaço que sobra entre estante e teto, vira-se, agachada. E de costas para a parede, pés aderentes à tábua estreita, detêm-se olhando a porta que daqui a pouco se abrirá devagar. A porta que se abrirá aos poucos deixando passar o homem um pouco hesitante pela ausência de trinco, deixando que ele entre e avance para o sofá depois de fechar a porta sem se voltar.

Então, abrindo os braços e empinando de leve o abdômen, ela se lançará para tomar posse da sua caça, presa pela elástica seda que o seu corpo fia, e que a mantém suspensa em lenta descida.

DOCE FLOR

A flor de lis, diz a mitologia, é leite derramado dos seios de Juno. Nunca duvidaram disso as abelhas.

UMA E OUTRA PEDRA

Todos os dias, a mulher jogava uma pedra no lago tentando atingir o mesmo ponto. Terminada, afinal, sua ilha, a idade já não lhe permitia fazer a travessia.

QUEM?

Na casa imposta à campina do planalto, o cachorro começa a latir para o vazio. Os donos de casa e o cão sabem que não existe vazio. Tudo é. Ou nada é. E se perguntam, em sendo, para quem late o cão? Em não sendo, quem late?

O PRIMEIRO SOL

O primeiro sol acabava de nascer, quando um deus lançou três dardos sobre a Terra. Dos dardos nasceram três árvores frondosas como uma floresta, e brotaram três fontes que deram origem aos três maiores rios da Terra. Sementes das árvores caíram nos rios, e deram origem aos peixes. E as folhas levadas pelo vento deram origem aos pássaros. E as raízes deram origem aos animais rastejantes.

Sentado sobre uma pedra, assim contava um ancião para as crianças reunidas ao seu redor.

"E o que deu origem à guerra?" perguntou um menino que, presa à cintura por uma corda, trazia uma espada de pau.

"E o que deu origem ao amor?" perguntou uma menina, cuidando de não deixar cair sua boneca.

Mas antes que qualquer outra coisa fosse dita, uma grande chuva caiu dispersando as crianças, que correram buscando refúgio em suas casas.

O ancião não tinha agilidade para correr. Levantou-se devagar e devagar caminhou debaixo da chuva arrastando os pés na terra encharcada. Em casa, acendeu o fogo, deixou-se ficar quieto diante das chamas, até dar um espirro.

"Quem deu origem à gripe?" perguntou em voz alta com um sorriso.

Os antigos deuses haviam morrido, e todas as perguntas conduziam à mesma direção. Mas nessa direção só havia outra pergunta.

COM VENTO A FAVOR

Náufragos numa ilha deserta veem aproximar-se no mar, onda a onda, o gargalo de uma garrafa. Boiando na espuma a garrafa rola enfim sobre a praia. Mas não contém uma mensagem, contém um veleiro. Ansiosos, os náufragos rompem o lacre, tiram a rolha e, subindo a bordo, fazem-se ao largo.

MAIS UMA HISTÓRIA DE INSÔNIA

Noite funda. O homem dorme, as ovelhas dormem, dorme o lobo. Do alto da torre, pontual como um relógio, o observador lança a mensagem tranquilizadora: "Torre número um, nada de novo!". Quieto no escuro, o inimigo rastejante espera apenas que ele vire a cabeça.

PARA FINALIZAR

Havia sido um longo combate. Anos de fármacos em punho enfrentando seus males. Estava cansado. Como um guerreiro que entrega a espada ao opositor, decidiu entregar à vida a decisão inevitável. Cruzaria os braços. Ela que se encarregasse agora do serviço.

SUB-REPTÍCIA UMIDADE

Os corpos encolhidos nas urnas votivas estavam em excelente estado de conservação. Mas debaixo da pele resse-quida e colada ao osso, já não era possível ler nas máscaras as inscrições tribais.

ASSIM NÃO FUGIRIAM

Aquele senhor mandou cobrir suas terras por altíssimas redes que, passando por cima das árvores, desciam até fechar-se no chão. Assim não lhe fugiriam os pássaros.

Nunca percebeu que mais numerosos e canoros eram os pássaros que voavam do lado de fora.

ANDRÔMEDA SERRANA

Amante de mitologia, o nobre jurisconsulto deleita-se nos fins de semana atando a esposa nua no falso rochedo junto à piscina e emergindo da água, para devorá-la entre bufidos.

Não sabe que em sua ausência ela retoma o jogo, tendo instruído o caseiro para assumir o papel de Perseu.

TÃO

Roseira de espécie tão delicada que, ao desabrochar a primeira rosa, foi posto o aviso: "Pede-se não olhar."

HISTÓRIA 7

Embora trabalhasse com modelos vivos, Caravaggio não os encarava ao pintar, mas os reproduzia olhando a imagem refletida em um espelho. Fora essa técnica que lhe salvara a vida ao pintar a cabeça de Medusa, impedindo que o olhar da Górgona o transformasse em pedra.

POR TRÁS DO VIDRO

Um velho esperava por ele no banheiro, tocaiado, aguardando a hora em que viria fazer a barba. Era levantar os olhos sobre a pia, e o velho lhe saltava em cima. Queixou-se com a mulher, ela riu. Deixou de fazer a barba, ela reclamou. Uma solução tornava-se necessária.

Subiu ao sótão, vasculhou entre poeira. E, afinal, em meio a tantas coisas guardadas, tantas coisas jogadas largadas esquecidas, encontrou um antigo espelho do seu tempo de solteiro. Não estava rachado, fosco sim, o vidro grosso de sujeira e teias de aranha. Passou os dedos na superfície, a prata luziu naquele rastro.

Pendurado o espelho no banheiro em lugar do outro, o homem olha a jovem imagem que o encara. Pouco mais que um adolescente. Inclina-se para ver mais de perto, passa a mão no queixo. Talvez nem seja necessário ainda fazer a barba.

NO CIRCO

Andava no fio estendido, como outros andam nas ruas. E como os que andam nas ruas, reclamava da má conservação e dos buracos do percurso.

SE A GRANDE CHUVA AMEAÇAR NOVAMENTE

Noé é um homem probo, piedoso, bom pai de família, respeitado na comunidade. Uma noite tem um sonho mais que sonho, que talvez nem sonho seja. Deus lhe aparece e fala com ele. Diz-lhe que foi sorteado, que sua carta... Que carta? – interrompe ansioso Noé, que só manda e-mail. Sua carta – insiste Deus afastando o detalhe com a mão como se espantasse uma mosca, quase arrependido de ter ele próprio inventado a paciência. E explica.

Entre tantos, Noé foi sorteado para efetuar a salvação da humanidade. E com ela, a dos animais. Com a nitidez de um DVD, dá-lhe a ver cenas do dilúvio, destruição e morte, efeitos especiais, *gran finale* de aniquilação. Noé assiste boquiaberto, sem ousar pedir o *making-of*. Do projeto, informa o Grande Produtor, fazem parte uma arca, que ele haverá de construir, e casais de animais, que ele haverá de providenciar e embarcar.

Deus desaparece, deixando o escolhido entregue à estupefação.

Logo, a urgência aniquila a surpresa. Noé parte para a ação. Registra a marca ARCA, redige e imprime o projeto, providencia sua versão em data show. E sai à cata de patrocínio. Não é fácil, o resto da família dispersou-se por vários continentes na caçada aos animais, ele tem que operar sozinho.

Começa pelo básico, descobrindo em si talento insuspeitado. Em pouco, obtém ração para os animais, transporte para os animais do local de origem até o local de embarque, quantidades industriais de água mineral – sem gás para os animais – e detergente antigerme. Não esquece os detalhes, como repelente, mosquiteiros para as camas – com tantos casais de insetos embarcados! – as camas propriamente ditas, spray antipulgas, enfim, detalhes.

Evolui, em seguida, para o grandioso. O que tem a oferecer abre-lhe todas as portas: logomarca dos patrocinadores visível e luminosa no casco da ARCA, com destaque para os da ração e da água mineral; esterco dos animais – a ser fornecido na volta – para adubo orgânico na recuperação das áreas alagadas; a pele de alguns animais mais apreciados, a ser retirada discretamente após o desembarque e a cobertura da mídia, para confecção de exclusivos casacos destinados às esposas dos patrocinadores; o embarque de alguns casais humanos selecionados, para realização de um *reality show*; embarque da equipe de TV para a cobertura do *reality*; a construção, no tombadilho da ARCA, de um prédio de 11 andares, campus avançado de universidade patrocinadora; instalação de uma antena de TV, para transmissão, em horário integral, da cobertura do evento. A ARCA será pintada com um novo verniz náutico, lançamento internacional, cuja logo tremulará em bandeira no topo do mastro.

Obtido o financiamento, tudo procede obedecendo ao organograma. A família regressou, com os animais. O tempo parece inclinar-se aos horários estabelecidos, acumulando no horizonte pesadas nuvens. Após distribuição de camisetas com logo para os humanos, e crachá para os animais, realiza-se o embarque. Segue-se uma espera não negligenciável. Começa a chuviscar. Sob os aplausos da multidão e os flashes dos fotógrafos, retira-se a passarela de embarque, a ARCA prepara-se para a partida. Mas o chuvisco para. As nuvens parecem ter sido levadas pelo vento, o que delas resta se desfaz no anoitecer. Seguem-se dias e dias de espera, ao cabo dos quais forçoso é aceitar que, devido ao aquecimento global ou a erro da previsão meteorológica, o dilúvio não acontecerá.

Para honrar seus compromissos, Noé investe o superávit dos patrocínios mandando escavar ao redor da ARCA um amplo fosso, que a seguir é alagado.

Durante 40 dias e 40 noites, a bandeira tremula no alto, a luz vermelha pisca intermitente na ponta da antena e as logos brilham no casco, enquanto no ventre da ARCA animais e humanos se espojam nas provisões e lutam entre si.

Quando, afinal, a pomba é libertada para buscar terra firme, espera-se inutilmente sua volta. Noé esqueceu do patrocínio para financiar o regresso.

No cume de um monte distante, brota, singelo, um galho de oliveira.

DE TORSO NU

O homem chega em casa, despe o paletó, despe a camisa, despe as tatuagens e, torso nu, prepara-se para ir dormir.

PARA TÊ-LO SEMPRE

Precisou procurar bastante, porque não era fácil, mas afinal conseguiu encontrar um bom modelo de marido. Não dos mais modernos, é claro, que o dinheiro dela não dava para isso, nem a vida, tinha um padrão mais modesto. Mas bom, de boa qualidade, coisa para se orgulhar. Dona de casa previdente que era, tratou de comprar também uma cabeça sobressalente, garantia de tê-lo sempre em uso, mesmo quando a cabeça original estivesse lavando ou, quem sabe, quarando para tirar o encardido das ideias.

AQUELE TRECHO

Avistando terra, em sua última viagem a Jerusalém, o santo pediu à tripulação do barco que lançasse ferros ao largo. Faria a pé o resto do percurso.

DE PAR EM PAR

Durante muitos dias não teve nada para comer. Em revolta contra o mundo que lhe emparedava a boca, emparedou a própria porta.

Na casa, agora escura e úmida, começaram a crescer cogumelos. Que ele comeu. E atraídos pelos cogumelos surgiram, saídos das frinchas, insetos. Que ele comeu.

Pela primeira vez em muitos anos apaziguava-se seu estômago. E à noite dormia saciado.

Maior que a fome, porém, era a saudade do sol. Resistiu enquanto pôde. Depois, mesmo sabendo o que a luz lhe traria, abriu a janela.

DA MESMA MATÉRIA

Somos feitos da mesma matéria que as estrelas, pensou denso, repetindo a frase que havia lido no jornal. Estava à janela. Abaixo, a fila de carros fluía compacta e lenta, luzes vermelhas atrás de luzes vermelhas em ligeiro tremor, sem intervalos. Pedestres iam se juntando na calçada à espera do sinal verde, quando então atravessariam todos juntos e apressados, infiltrando-se e esquivando-se do grupo que vinha com pressa do outro lado. Na calçada um novo grupo à espera logo se formaria. E as luzes vermelhas ali, desfilando como se intermináveis.

Olhou para o alto. Nenhum cintilar se via. Nuvens e a luminosidade da cidade toldavam as estrelas. Mas ele as sabia lá, claras e palpitantes, tantas, e tão distantes que o olhar mergulharia naquele sem-fim indo de uma a outra, de uma a outra, buscando as mais distantes sem jamais poder alcançá-las. Entre elas, tempo e silêncio eram uma única coisa em suspensão.

Onde, pensou doído, onde foi que nos separamos?

POR AQUELA

Apaixonou-se por aquela mulher. Por aquela, como nunca pelas outras. Juntou então suas lembranças, deixou todo o resto para trás, e mudou-se para dentro dela.

ÚLTIMA HISTÓRIA DE INSÔNIA

O homem, deitado. O quarto, escuro. O sono, ausente. Silêncio.

O homem começa a contar carneiros. O primeiro, os outros subsequentes.

O homem para de contar, olha.

Há um rebanho, agora, do lado de lá da cerca. Cabeça baixa, só os dorsos se veem, ondulantes e claros. Não brancos, claros apenas, como a pele oculta debaixo da funda lã. Serenos, os carneiros se deslocam lentamente, à procura de pasto, ou à espera. Mansidão e paz emanam deles como um calor.

O homem alonga o braço, colhe o casaco no espaldar da cadeira, levanta-se. Precisará de um cajado, e também de um cão. Mas isso resolverá adiante. Por enquanto, a sua voz basta para tocar o rebanho. Têm muito chão pela frente, é melhor se apressar. A primavera deve estar chegando nas campinas da alta montanha.

QUEM ANTES

Desejando acabar com a questão de primazia entre ovo e galinha, aquele pinto nasceu antes do próprio ovo.

HISTÓRIA 8

Nunca, na Etrúria, ficavam vazios os espelhos como olhos cegos. Quando não duplicavam quem neles se espelhava, refletiam a imagem gravada na prata do verso.

PORTO

E o navio fantasma atracou na terceira margem do rio.

Daryan Dornelles

Marina Colasanti nasceu em Asmara, na Eritreia, viveu em Trípoli, percorreu a Itália em constantes mudanças e estabeleceu-se no Brasil, em 1948. Sua carreira literária iniciou-se com o livro *Eu sozinha* (1968). Tem mais de 50 títulos publicados, de poesia, crônicas e contos para crianças, jovens e adultos. Entre vários prêmios, ganhou seis Jabutis e o Livro do Ano por *Ana Z. aonde vai você?*, além de premiações da Fundação Nacional do Livro Infantil e Juvenil e da Biblioteca Nacional. Jornalista, foi publicitária, apresentadora de televisão e manteve uma coluna no jornal *Estado de Minas*. Pintora e gravadora de formação, costuma ilustrar boa parte de seus textos. Ao lado do ofício que a acompanha desde cedo, Marina dedica-se com esmero à tradução de obras fundamentais da literatura.